樹的憂鬱

梁莉姿
著

目次

推薦序　烈焰的哀傷

謝曉虹（作家，香港浸會大學人文及創作系副教授）

「憂鬱」一詞叢林幽深，它是玄墨的膽汁（melancholia），是天體墜沉（depression）。弗洛伊德把它看成哀悼的一種反常（失敗）狀態，無法體認失去所愛的現實，外在的傷痛唯有內化於一己。然而，梁莉姿這部失城之書，其中的憂鬱卻同時如火焰高升。貫穿《樹的憂鬱》是鳳凰木的意象，暗綠綻開成火紅，彷彿是中學女生當年把學校山頭燒光的恨意，最終燃點成一場革命之火，「火光灼灼，猩紅烈焰，簇簇縷縷，要把入眼處都薰染燃盡」。

這種兩極的情緒，正如書中矛盾的意象：渴望變向動物的樹，根著大地卻又飄移不定。書中抓住各種機會，詳細敘述鳳凰木的遷移史，包括它如何從非洲，經由歐洲被帶到香港，並且突出它作為植物的動物性——它是游魚般「渡海而來的樹」，「四紅瓣如湯匙泛翹弓身，拱襯最上方獨一片紅白斑點相滲的瓣，如孔雀魚的鰭」；它也是火鳳凰，被一個香港女生畫成了紅色圓滾的憤怒鳥。介於動植物之間的鳳凰木儼然是西西〈浮城誌異〉（1986）裡鳥草的回響。當年不信任「回歸」的香港人，空有鳥的形狀，卻難以鼓翼高飛，如今卻是被連根拔起，其遷徙充滿了時局中的身不由己。樹木渴望變向動物，乃化被動為主動，呼應著書中野性的橘白貓對被馴養的不甘。

《樹的憂鬱》緊接著《日常運動》（2022）出版，順理成章地把敘述焦點由香港的反修例運動轉移到後抗爭時期。小說的其中兩個主角是桀驁不馴的一對姊弟黎明微和黎清。弟弟因「串謀刊印、發布、分發、展示或複製煽動刊物」而在香港被捕，他的姊姊，那個當年在中學裡惟一拒絕下跪，讓老師丈量裙邊的女生，則逃到臺灣出版小說。這兩個人物是小說藥引一般的主線，燃點了小說枝葉蔓生的群像：他們的追隨、崇拜者真真、陳瑜，以及那些自以為與運動保持距離，在工廠大廈共享辦公室的打工仔與小商販、拒絕掛名推薦明微作品的香港文壇前輩，甚或早已從香港移居臺灣對政局社會麻木無感的導遊。小說蜘蛛網式的結構表明了一種觀點：社會運動由震央放射出去的能量，無人不被波及——即使逃到了臺灣，每個人仍無法斬斷與運動的某種連結，因而必須經受種種愛恨、歉疚、疑惑和恐懼的內在地獄。

然而，小說並不願意停留在這些被困的情緒之中，它要為一場運動的火焰意志找到出口。我們可以把《樹的憂鬱》最後一章〈樹的憂鬱〉上下篇，看成是對黃碧雲的〈失城〉（一九九三）——九七前香港人最血腥的離散心曲——的重寫。九七大限的政治社會背景，在〈失城〉裡成了小說家的人性試煉場。曾經立志要建巴比塔的建築師，移民加拿大回流的陳路遠，在理想的幻滅中執行其「不得不如此」，把妻子和四個幼小兒女的腦袋敲碎。城市的未來，竟只能寄託小丑般的救護員詹克明、其經營殯葬生意的妻子愛玉，以及他們的痴呆兒。來到二〇一九，〈樹的憂鬱〉中一家三口錯過了香港更早的移民潮，放棄了冰天雪地的加拿大，但終於還是在反送中的浪潮中選擇移居臺灣；小說的主角，也由殺人者陳路遠，換成了救護員阿囝。

阿园並非充滿理想的港大畢業生，他是「屋邨仔」，名字中的錯別字「园」銘刻了他父親一家的大陸背景與藍領出身。阿园徘徊於照顧老父的責任與順應妻子之間，顯得優柔寡斷，但對照於他那個來自精英階層，自以為可以代家人決定命運的妻，他的世界卻至少是人性化的。當女兒要求他們替「幻滅」一詞進行翻譯，妻子所說的“vanish”與阿园所說的“disillusion”，正好註解了兩種不同的生命態度。對於妻子來說，美好生活的反面，是徹底的消失和滅絕，而阿园卻看到了虛幻的表象底下，仍有現實的重責。作為救護員的阿园並未以「溫柔、愛、關懷」作為座右銘，卻也無法像詹克明一樣，把血案化成遊戲。面對城市裡反覆出現的死亡，「他竟又開始有夢。」阿园夢裡的沮喪不是無法築起巴比塔，而是「恆久失敗」的日常，諸如無法「扣一顆鈕扣。／用鑰匙開門。／扭開一個瓶蓋。／撕下一片保鮮膜。」阿园的噩夢正是一種憂鬱的徵狀——把城市的敗壞內化成對自己的責難——「是他做得不夠好嗎？〔……〕只要他再努力一點，再用力一點，再、再使勁一點。再快一點。再早一點。」張愛玲形容她筆下的人物是「軟弱的凡人」，「這些凡人比英雄更能代表這時代的總量。」阿园正是這樣的一個凡人，只是梁莉姿在他的軟弱裡，同時看到一種火熱的英雄質性。他的憂鬱並非必須醫治的疾病，而是一種道德自覺。《樹的憂鬱》所無法忍受的，是像遷臺導遊采潔這種對社會發生的一切麻木無感的輕盈的「移動者」、「稱職的移民」（事實上，即使這樣的人物，在梁的筆下，也因為覺察到自己的無感而遭受內心的折磨）。

只是，小說更深的憂鬱，乃一種難以言說的糾結狀態，它表現於佔據了小說不少篇幅的，關於書寫本身的後設思考，它的語境是文壇內外的是非、師長同儕與愛人之間有關書寫倫理的爭論。《樹的憂鬱》投給了「臺北文學年金」獎助計畫，我們可以想見作者被雙重凝視的焦慮——「要怎樣描述一個符合臺灣人想像的臺灣？」又怎樣並可否以香港之名發聲？小說的群象是一個失落的共同體，但梁莉姿顯然意識到，這些人同時充滿了無法跨越的界限。這些成長於不同年代、階級的香港人，有關「香港」的經驗根本難以重合。說到底，誰才有權述說「我們」？更關鍵的是，梁莉姿深深意識到，她無法為受難的沉默他者代言，正是這種空缺，形成了一種難以言說，近乎口吃的陳述方式。然而，在小說裡，也正是黎清、一眾被捕下獄的抗爭者、死難者，以及更巨大的沉默本身，成了黎明微必須要寫的前提，並彷彿呼應了朱迪斯・巴特勒（Judith Butler）在《失落・哀悼的政治》（*Loss: The Politics of Mourning*）一書的後記所談及的，「失落」所面對的最大困境（及可能性）——當故事無法講述，當那完整的「復原」並不可能，在一種視界破碎、幽靈似的行進中，「正是那不可復現的，為一種新的政治能動性創造了條件」。

在梁莉姿的小說裡，憂鬱是一種積極的政治能量。在小說的最後一章，我們通過來臺第二代的雯靜，讀到了黎明微對其小說結局的改寫。原來版本裡，一對情人所置身的「自然」風光，在新版裡被作者歷史化，重新點出了「花蓮的松園別館」乃當年日軍的「軍事制高點」；林裡的樹，乃從日本移植臺灣的琉球松。梁莉姿藉由這種改寫告訴讀者，琉球松正如她的文字，皆是創傷的痕跡，它們抗拒歷史的敘述被勝利者封印、固化，它們為未來刻記進入歷史的缺口，期待後來者／倖存者的追索與改寫。

體例說明

本短篇小說集為尊重創作者原意，書中香港詞彙、用字按創作原文保留，不另編修，特此說明。

一 困頓與流離

捕鼠

把老鼠藥買回來的那個早晨，我在廁所與阿華打個照面。他在刷牙，白泡如鬚，漲滿半張臉，像個聖誕老人。

我們租用的辦公室位處工廠大廈，全層共用一個破落廁所，甚麼人都有，習性盡現。粉色格子牆覆著一塊塊黑灼斑斑的跡，洗手盆上懸貼「嚴禁吸煙」的膠質圖示，被燒燙得融皺一團，許是樓下那群工人，常見他們偷偷湊在抽風口撣灰。有時味道大了，驚動感應器，保安員便要來念我們，審犯一樣。我和阿華好幾次要去攤牌，被強哥和阿嵐拉住，勸說多一事不如少一事，怎麼也是朝夕相對，說穿了就怕人家報復。

後來大剌剌抽煙是少見了，尿兜常浮起煙蒂、煙盒。沒抓著人，我們也不好發作，阿華有次把尿射準煙盒，忿忿說：「抽中南海，準是那幾個大陸佬，就盼早死最好。」

我說：「你沒聽過嗎，林彪不煙不酒，才六十三就去了。鄧小平又煙又酒，平平安安活到九十二，難不成鄧小平抽的不是大陸煙？」

阿華抖抖話兒，扣回褲頭，啐道：「去去去，這也拉得上，你這是政治不正確。」手也沒洗便走。我看那尿兜，煙盒被纛得皺癟，飄在濃黃的液上，似個小小的浮台。

阿華吐完嘴裡的水，跟我說聲早，刮起鬍子。可惜鏡面髒蒙，照得臉龐扭曲，鬍子刮得不乾不淨，像散居的聚落，一小撮一大撮的。刮到下巴，他揚起下顎，教我瞥見他脖子皺摺處幾抹淡勻且可疑的紅暈。

我沒有追問，這與我無關。我眨眨眼，說睡得不好，幾回驟醒，心心念念都是那磨人的鼠患。聽說新界菜種行的老鼠藥最好，我一大早買完才回來。

阿華說：「哇，好懷念，現下菜種行[1]沒剩多少間了。香港地嘛，做地盤的一個招牌砸下來也能砸死幾個，種田的阿不跟恐龍一樣，都絕種了，還有人賣種子？」我們走回辦公室，他搭上一句：「從前見你懶懶散散，現下積極滅鼠，莫不是要替設計妹的小植物報仇嗎。唉，她跑掉前，我們總以為你們要來電，誰知忽然『蹦！』地不見，還怕你睹物思人。」

說來，真真走了以後沒多久，鼠便開始出現。

※

大學最後一年，一心專注學術的我從沒想過會吃癟，苦苦準備逾半年，竟考不上研，晴天霹靂，消沉得甚麼東西都盡拋腦後。好不容易回過神，已虛耗近半年。同學找好工作、升學、結婚之類，目標明確。只有我如躊躇在馬路中央的安全島，進退維艱。

1. 菜種行為香港專門售賣蔬果種子的店家。至近年已式微，全港僅餘約十家。

老媽看我游手好閒，受不了親戚問候，整天念我去找工。畢竟當年我這屋邨小子考上大學，對她來說，是生命裡惟一一樁於赴宴、打牌、回鄉、上班瞎聊時，可供炫耀的美事，吹噓兒子將來當大學教授，沒準上電視講談節目之類，光宗耀祖。如今這臉是丟盡了，因而她說朋友介紹，讓我到一家物流公司上班時，瞧那眼神那臉色，我便知道這工是不得不幹了。

上工後才知道算不上甚麼公司，不過是工廠大廈的共享辦公室。這玩意近年普遍得很，業主把大單位重新裝潢，大廳布幾張廉價桌椅，靠窗空間劃成各個會議室，再按座位、房間出租。租幾千銀一個位，賺到笑。我們懷疑連桌椅也是二手，要不就是淘寶，木緣處沒磨好，會摻刺，好幾次扎手。

有一回跟真真在天台抽煙，她托朋友從日本走私煙回港，七星葡萄檸檬雙爆珠[2]，邀我來試。我食指扎了刺，打火時不怎麼靈光。她眼尖，掏出指甲鉗替我夾，很煞有介事。

「你沒聽過嗎，木刺取不出來，會順著血管流，跑進血中，最後扎在心臟，

2. 即晶球。

可能死人。」

我沒怎麼留神她的話，只記得陽光曬著她兩指握鉗的甲。小小的、奶色的底背上，繪了一株卡通化的仙人掌，幾顆閃碎金粉點成小刺，泛著潤澤。

日子過得很瑣碎，一時抽煙，一時望望窗外，眨眼就過了。

辦公室大廳只有一處臨窗，午後怠倦，我們會湊到窗邊發呆。附近都是已被收購重建的舊樓，有些已開始動工，鑽地機和鏟泥車開個不停，風沙飄揚。

真真說，從十三樓看下去，那些車啊人啊，像甲蟲、蝸牛和蟻，搬運糖粉，一切都好小好小。

同層有小型木廠，兩個年輕人創業，弄木藝工作室，造家具、椅子、小飾品，好認真。強哥說真奢侈，這年頭，哪有人搞生意蝕住做，還要身水身汗做工業，是不是嫌錢多，捉蟲入屎忽。真真問，如果這就是他們最想最想做的事呢？

強哥說，無法維生長久的事，管他多愛，最後還不是終告燒光，當做了場夢。

燒光的是木材還是衝勁呢。隔壁鋸木時，灰屑如粉。我們遠遠瞥見廠門外蔓天煙霧，都是碎末。阿華很興奮問是不是失火，想跑去報警。

阿嵐說你別烏鴉嘴，香港人最愛隔岸觀火，哪天真燒起來，我們也活不成。

鋸木聲非常吵耳。我不明白，怎會在這麼狹逼的空間，遠離自然的工廠大廈內，開一家木廠，麻煩且髒。但大夥想是習慣了，如常工作，耳裡插著如蟲豸微小的藍芽耳機，我不好再出聲。附近大廈一直清拆，倒陷。整區彷彿緣中心處塌沉，像隻油鑊，炸著甚麼。

真真常說，香港真的好細，細得甚麼都做不了。

我的工作很無聊，甚麼物流公司，原來做網購轉運。老闆是個健碩的中年男子，我只有在上工第一天見過他，給我一個雲端帳戶和二手電話，讓我每天回覆電郵、跟進單據、物流進度，與各地倉庫聯絡，催促派送，按時推出優惠。起初只覺乏味，直至消費季，才知道甚麼是地獄。

香港細得像指甲，但每個人購物的欲望卻像黑洞那樣大，永不饜足，滿滿的消費，必須的，無可抑止的癮。刷卡、接收密碼短訊、按確認鍵，食物、電子產品、體育用品、保養品，從一個地方被依序撿拾，包裝，封箱，搬運，登上交通工具，或許盛載遠方的病毒或細菌、可疑的斑跡，然後離開，永不歸來，在前往的異地被徹底消耗。

每逢某某品牌推廣「大割引」、「購物祭」、「光棍節」，公司訂單便幾何級飆升，貨運客機班次應付不來，或偶而遺漏機場，送遞稍遲，電話接得機身過熱，我以為要爆炸。社交平台的訊息、電郵，像煙火點燃般被瘋狂轟炸爆開。客戶一天敲來數十個電話，問候我祖宗全家，說永不再錄用，言之鑿鑿，信誓旦旦。

很煩，想炒老闆魷魚。

我乾脆自暴自棄，態度頹懶，好幾次漏單，銀碼對不上也不理。好麻煩，最好老闆就此把我開除。他來電，卻僅僅訓斥幾句，帳目仍賺得盆滿缽滿，叫我好好幹，年尾發花紅。媽的咧，我又不圖錢。後來發現，奈何公司價格便廉，到頭來客戶的忿恨，也同樣廉價，不過剎那，仍死死地氣吃回頭草，繼續光顧。真賤，真賤，怎樣的咬牙切齒的恨，轉過頭來又是一條消費的哈巴狗，汪汪。

阿華坐我旁邊，三十多歲，是個話癆，賣國產電子貨。整天見他在談買賣，智能手錶、手帶、平板電腦、電話，一件件貨塞滿鄰桌座上，是個精甩邊[3]，滑頭又愛耍小聰明。我剛來時，他向我獻殷勤，請喝啤酒，隨手用硬幣撬開，蓋子落到鍵盤中央，不喝不行。原來是個局，趁我吃他嘴軟，被挾軟肋，滔滔不絕地推銷。他那舌頭像簧片，七情上面，以退為進，步步逼得我如臨崖畔。

第一個月工資未發，已硬著頭皮掏了幾百元買個智能手錶，卻也怕國產東西，會監控，長年存在抽屜，連電池都拔掉，只當買個教訓，警惕自己對他敬

---

3. 精甩邊：廣東話俚語，形容人狡猾、喜歡耍小聰明。

而遠之。

怎料才一個多月，有一回午餐，阿華又來搭訕，揪了隻糯米雞給我，早上飲茶多叫，讓我不用客氣。我對他頗為忌憚，正要拒絕，他已堵我後路：「甚麼啦，以為我又要說你買貨？不會不會啦。我是真心，覺得好用才向你推介，你別以為我要圖你甚麼。哎，我生意好起來一天都上萬銀，用得著坑你區區幾百？見你沒戴，便知你不喜歡，那就算。我這人不寃人的，只想多交朋友。」一番話講得體面，堵得我只得靜靜坐下，吃他翻熱的糯米雞。

誰不知仍是另一個局，逼我聽他講經。

他很多話講，一會兒說起老婆孩子，一會兒說起賭馬桑拿。他從前跟老闆在大陸做買賣，玩微信認識了現在的老婆。明明做足安全措施，怎料大陸貨信不過，許是品質不佳，仍是懷孕了。談過幾遍要不要流掉，畢竟女友才念完大學，翌年要來港讀研，打算念個兩、三年再到歐美念博士，前途一片光明；阿華呢，才二十多歲，自然不願就此當個老襯[4]。談來談去談不攏，女友好幾遍

4. 老襯：寃大頭。

在電話裡哭哭啼啼，驚動家人，鬧得不可收拾。

阿華還記得，他們在港島擺酒時，撞上社會運動，很多人在金鐘那邊佔路，又搭帳篷又堵路。外父一家又憂又怕，本來雇了遊覽車把大陸整隊親友團接來港飲宴，還豪爽訂了整層酒店房間，好讓大家在港玩個幾天。

後來怕亂，全數取消，補錢讓遊覽車連夜駛回去。

老婆還是來港念書，挺著身孕上課。孩子在香港生下來後，她終於絕了念博的念頭，卻也混不慣香港，常帶孩子回深圳住。阿華則開始做起外父批發的電子產品買賣。老婆常想把孩子帶回深圳念國際學校，嫌香港教育填鴨；他倒堅持要讓孩子在港上學，時起爭執。日子久了，開始疑心不過是一步棋，最終目的是把他也一道拐回大陸，舉家安住大灣區。

「好像蜘蛛布網，織啊織，起初懵然不知，甚麼都同意，說好，沒所謂。待差不多了，她輕輕一拽，『嗖！』聲一收，我就被悶在網裡跑不得，可能死了也不知怎麼回事，很毒。」阿華說話很有戲劇效果，不時加上狀聲詞。

「從前愛死她那眼神，很淩厲，做起來，很媚。現在不知怎形容，就是怕。租這裡也是離家夠遠，她少上來。」

我見過阿華老婆一次，頭髮及頸，會把左頰髮綹挽到耳後。那次上來，身後跟著傭人，傭人拖著孩子，等阿華下班吃飯。她穿著青藍色絲質襯衫，下身是黑色喇叭褲，走起路來灌風似的。不多言，對我們微微頷首，用廣東話打招呼，有微微口音，沒甚麼表情。

不知阿華是不是在糯米雞中下了蠱，吃過糯米雞後，我跟阿華漸漸熟稔起來。

※

真真說，你知道格子鋪嗎？從前曾風靡一時。中學時，最喜歡跟幾個同學剛放學便拔掉校徽，去旺角。我們把裙子捲得短短，露一點肉，但不能太多，白襪子要包裹小腿腹，這麼一小截便夠了。好多人看我們，有種飄飄然。

那時念港島的教會女校，很大，校內有一片樹林，種滿火紅的鳳凰木。

校長是個修女，很保守，覺得做甚麼也要小小的，不可張揚。走路要小步，最好吃飯也一粒一粒放進口，不要張嘴那種。每月早會，老師要求我們逐個走到黑板台前，一字排開，跪下，行刑一樣。真的喔，跪下，俯伏在地。班主任會拿著鐵尺，湊到一個一個同學裙畔，量貼裙邊跟膝蓋的距離。如果超過五厘米，便是太短，是不該的，要心存羞愧，要記缺點，罰抄《聖母經》。

我們那時溫順得很，當真一個個跪在綠白小格子地磚上，像隻乖巧的綿羊。黑板中央掛著耶穌和十字架，我跪著等待時，常常發愣，想著耶穌會關心我的裙子有多短嗎，是不是一種罪？初中時，我長得特別快，爸媽要上班，趕不及給我買新校服，我被罰幾次，抄得經文都會背，萬福瑪利亞，妳充滿聖寵，主與妳同在，妳在婦女中受讚頌，妳的親子耶穌同受讚頌，天主聖母瑪利亞，求妳現在和我們臨終時，為我們罪人祈求天主。亞孟。

我擔心得邊抄邊哭，以為自己會下地獄，哈哈，好蠢，是不是？風水佬騙我們十年八年，原來教會也是。慢慢跪多了，覺得似行刑，很不舒服。站起來時，膝蓋和小腿勒出一格格跪壓的紅痕，還瘦瘦的。

格子交錯的凸痕，在我們腿上刻了好多個紅色十字。

你知道，香港大多數名校都有宗教背景。殖民時期，那些傳教士、修女、牧師，來到小小的漁港，覺得哇怎麼這群黃種人，字都唔識多隻，醫療環境又不好，就開醫院，建學校，去木屋區、寮屋區，叫貧苦大眾送孩子來念書，起碼有人顧。

原先是造福人群的福音故事。起初階級分明，有錢人家來當大小姐受教育，日後當上流人士；沒錢的女孩學當妹仔，將來服侍同學。後來經濟起飛，精英主義，有錢沒錢人家都爭著送子女來念名校。師資好，英文好。學校資源越多，校規越嚴苛，老師們越保守，學額越爭崩頭。畢竟大家都冀想，讀了名校，就是知識改變命運，就是生活變好的入場券——起碼我爸媽這樣想。

我第一次來學校面試，就記得那片鳳凰木林。花開時，一簇簇落在校舍，很紅。我以為整間學校燒起來，像山火。後來我竟是開心的。

燒起來，我們就毋須再跪，多好。

我還記得，那時高年級有個學姊，是死活不願跪的，跟老師們槓上了，叫他們要量裙邊，就蹲下來量。好型。結果她被記了很多缺點，課後要留在圖書館罰抄，我們這些學妹不敢做，卻是敬佩她的，你想想，她的腿上，永遠不會有紅十字壓痕。

我們會偷偷給她送一些小吃、小文具。總覺得送了，便是靠近她一點。

可能我開始不聽話，也是受她影響。

到了高中，我跟幾個讀不成書的女孩混，學校越不許，便越要那樣。我們最喜歡逛格子鋪，挨家挨戶的看。那時的格子鋪，像個小小的城市，每個寄賣櫃裡經營布放著斑斕的陳設——飾品、手機殼、紙膠帶、毛娃娃、廣角鏡、魚眼鏡、手繩、皮革錢包、水晶、化妝品、面膜……我們從高至低掃視，買一樣的東西，把一樣的液體和粉末拍到臉上，當一模一樣的人。

我們現在租來的座位，也很像格子，是不是？

有一次碰上幾個寄賣主來補貨，新貨太多，她把兩對耳環黏到格子框上，像兩道春聯。店員便來勸阻，說她「做壞規矩」，讓她收回格子內。她們算不上爭執，頂多是理論，賣主覺得邊框仍屬租務範圍，店員卻說越界，勸她取下。

「結果怎樣了？」我以為她說的是一件關於勝負的事。真真說：「忘了。只是那時我便覺得這裡真細，細得這麼瑣碎的事都能爭執。做甚麼都得附在線上，在小格子裡，順著走，轉角，又順著走。好悶，甚麼都做不了。」

真真念完副學士，做過文職，在這裡做室內設計中介，幫忙配對客人和設計師。她負責接電話，周旋其中，兩邊不是人。業主提案千奇百怪，榨乾設計師腦細胞和預算，正宗「蔗渣價錢」，卻要求「燒鵝味道」。有一半案子都是業主要把單位改裝成劏房[5]、太空艙出租，十多人共享一個廁所，又要符合消防條例、合法樓宇結構，還得美觀；餘下案子倒是相反——多是為寵物及傭人設計生活空間。

好不容易掛掉電話，真真跟阿嵐抱怨：「香港地做窮人，慘過做狗。」

「莫氣莫氣，送你一塊公司面膜，敷完又白又爽。」阿嵐跟真真差不多大，都是廿二、廿三左右，做直播網購，晚上八點半準時開播。每天下午五、六時回來做準備，主要賣零嘴小吃，薯片、蝦條、炸魚皮，有時也有芝麻醬、XO醬、雞精之類。她不怎麼美，典型肥妹仔，個子有點矮，臉頰圓圓，身材豐滿，勝在為人爽朗，笑得有點像渡邊直美。

阿嵐很敬業，把直播食品都嘗一遍，再思考推銷方法。後來幾個人混熟，便分我們試吃，一塊想食評。不過大多都是我們無恥享用，只有阿華會認真跟阿嵐坐到邊處，討論口感，譬如綿花糖軟軟綿綿，又白又綿，阿嵐覺得像枕頭，阿華覺得像雲朵。他不時說些食物冷笑話逗她：綠豆受傷流血後，會變甚麼？

5. 劏房：「劏」為粵語，即剖開。「劏房」即把有限空間再切割出大量房中房的出租單位。

紅豆。魷魚要考試，考完會變甚麼？烤魷魚。

我們都覺得很爛，只有阿嵐捧場，笑得臉頰上的小贅肉微顫。

她的直播瀏覽率不俗，看一個小胖妞吃東西，臉上洋溢傻懵微笑的幸福感，誰不愛看呢？拌飯一流，除了當下的飯盒沒那麼難吃之餘，小胖妞手中的零嘴看起來也很好吃喔，還不趕快下單？據說好幾年前，韓國已興起「吃飯直播」，網紅在晚飯時間直播進食，竟吸引幾百萬人觀看。電視台去訪問，受訪者多是孤身熬夜的上班族，在鏡頭前回應：「開著螢幕，感覺像有人陪自己吃飯。」

真真坐在大廳惟一臨窗的座位，順理成章佔了最多日光。地利關係，養了些盆栽。起初是多肉植物，開岔如蓬鬆髮型的空氣鳳梨、葉片透亮的玉露等。小盆子不怎麼要水或陽光，很粗生，長得越發飽滿。她野心漸大，又購來薄荷，澆水時想著日後可以調 Mojito。可惜不到兩星期，薄荷便枯了，葉子卷得像個蛹，阿華趕在它全然翹掉前買來一支廉價蘭姆酒和蘇打水，採光葉子調沖，送它一程。

但我們怎麼喝也覺得怪怪的，查食譜才知道，原來忘了下砂糖。

真真仍學不會教訓，堅信是植物脆弱，接連又買了巴西龜、金魚、倉鼠、寄居蟹，分養在桌下幾個缸籠中，按時餵吃、清理糞便。漸漸她的工作檯像個生態圈。有一回，我陪真真洗缸，她用棉花棒一下下輕掃龜殼，替龜身清潔，很專注。她從小到大沒自己的房間，跟妹妹分睡雙層床。我才猜想她大概很想，很想，養著些甚麼，從而，被養著的生命包圍。

我自然沒問她，這樣企理分明的小生態圈，不也像格子循環嗎？

有一段時期，阿華的自來熟像團黏稠而強韌的糨糊，把大廳內幾個工種互不相干的「同事」扯到一起，彼此都是吃貨。阿華好客，愛吃，常買來西餅、甜品、飲料請大夥，連小冰箱也常存食材，芝士烤大蘑菇、火腿煙肉吐司，權當下午茶。日子久了，我、阿華、真真、阿嵐、強哥，還有兩個做遊戲製作的小伙子相繼混熟。

我們最愛他在兩條街外的茶餐廳買的酥皮蛋撻，入口香脆即碎，蛋心奶黃，好香。

派到末處，竟剩一個，才見阿嵐訥訥說，她不吃酥皮，兩手交疊，像個怕被責難的孩子：「牛、牛油皮才配蛋撻嘛，吃起來像曲奇。」阿華一怔，圓滑轉手，把撻點放到我的碟上。

往後阿華仍頻常買來蛋撻，在整盒均以粉色風琴紙包盛的撻點中，只有特別一個，用錫紙裹邊的牛油皮。

※

阿華講過很多話，我最記得的，是他說蜘蛛收網的事。

後來我才知道，事情不是一剎那發生的，不是「啪！」個響指，在錯愕恍神的瞬間驚訝變化何以那般突如其來——並不是那樣的。事情總是像網，在我們尚自顧自一頭栽進當下時，用阿嵐直播時無厘頭的話就是：「敷著面膜時就只看到層膜，甚麼都看不到。」周邊的絲線已像牆角的竊竊私語般，從遠趨近——只是我們誰也沒發覺。

好比真真消失前的神不守舍、阿華頸上的紅暈、辦公室開始傳出的怪異微響，它們都可疑且不尋常，但我都不曾追問。我不好奇，怕摻和到別人的故事裡，很煩。

二〇二〇年一月，肺炎爆發，整個城市突然陷入一種失序的恐慌裡。所有人忙於搜刮口罩和消毒用品。假期後復工，訂單是幾何級再乘以次方起跳，幾乎地球上所有網購平台被搜掠一空。我媽打來問我懂不懂門路買口罩時，背景風聲很大，幾乎聽不清，她又連打幾個噴嚏。原來她排通宵去等店家開門買口罩，結果爭不過一群人瘋搶，空手而回。

我說過年前不是買了五盒在家嗎，她說早兩天打牌，有個雀友的大陸親戚四處都買不到，好淒涼。她一時心軟，送出三盒，又誇下海口，她那考不上研究院的兒子，即是我，雖當不上電視節目嘉賓，現在卻比甚麼博士教授有用多了，可為大家張羅口罩。

雀友間的消息，就像中學女廁內的祕密，只會越傳越廣，永無終止。我無法責難我媽，你永遠沒法要求一個六十歲的婦人改變多年仰賴的生活習式。她就是這樣，打牌時鬆章；公司晚宴時穿珠片閃閃的紅裙子，笑得花枝亂顫。人家叫她「靚姐」，她最開心。她需要這個稱謂，直至帶入棺材，誰也不能褫奪。

一時間，我除了應付客戶訂單，還得打盡關係牌，跟各地倉庫師傅聯絡，或請當地廠家幫忙，只為替我媽做人情。

人都癲。

幾個月前，十月左右，真真也來找過我，拜託我幫忙從國外訂些東西，面有難色，頭垂得低低的。她左手抓著右手手肘，說是現下在香港，已很難購得，只盼我幫幫忙。我點開連結一看，愣愣片刻，又看看她，明白她的侷促不安。

我沒想過真真會與紛亂的外頭扯上關係。她那麼愛美，那麼瘦弱，指甲造得那麼好看，抽煙時吐的霧直挺挺，喜歡打理園藝與小動物。我就錯估為一個精緻的女孩子，連目睹一片枯葉都會悶悶不樂，怎可能跑到偌大空廣的外頭。

也許她常提及中學母校那片鳳凰木林，不是在談華美的花。

距離真真走後已兩個月，完全沒有消息。

不只真真，辦公室內人影漸渺。假期完結後，大家裹在纖維布質下，面目模糊。我們不再聚攏，阿華沒心情再給大家買點心。大陸封關，老婆新年時帶同女兒回鄉，跟阿華的貨一樣，都滯留當地。走道變得空曠寂靜，人們盡量避免接觸，減少走動，或開始在家工作。

留下來陪我的只有真真的盆栽，我時時澆水，帶著它們到天台放風，曬太陽，以及數算冷氣機槽下大量無人清理，已發霉發泡的爆珠煙蒂。

阿華問大家，哪裡還能買到口罩。妻女在大陸，他擔憂備至，把手頭買到的都寄到鄉下。怎料老婆告知，等啊等啊等啊，總是等不到。「不知哪裡扣起了，還是送遞的人起了私心，幹。」阿華戴著滑稽的Kitty貓布口罩：「現在莫說送給老婆孩子，我自己也不夠用，只能重用這沒屁用的布口罩。」但我也自身難保，只保證會盡力替他尋貨，自然無補於事。

過了幾天，我回去時發現阿華座上，有一盒全新口罩，靜靜地，擱在鍵盤旁邊。美國製造，ＰＦＥ，俗稱Level 2，三層纖維，上等好貨。我舒一口氣，看來阿華找到貨源應急了。孰料翌日收到他的道謝訊息。我連忙澄清：「不是我啊，昨天早上回去時已放在你案頭了。」我倆不由得狐疑，那是誰送的，這麼神祕？

我們來不及查證，鼠便開始出現，儘管我們從沒見過牠。

起初是阿嵐案頭的食品，幾包穀類早餐散倒，燕麥片、葡萄乾、果仁零零落落漏在桌緣至地上，一小撮碎。我們以為是阿嵐忙亂，趕著下班忘記收拾，畢竟人們足不出戶，對網購需求大幅上升。她一天跑兩場，有時回來收拾貨品，又匆匆離開。我們掃了餘屑，未覺異樣。

接著是強哥的杯麵，他做廣告，在抽屜存些杯麵儲糧。幾天後只見杯麵塑膠包裝破了，發泡膠質杯緣被甚麼抓了缺口，麵粒灑在椅上，附近有發泡膠碎。

那缺口，凹凸粗糙不全，是噬咬出來的。

阿華說，老鼠，一定是老鼠。

大概是二月下旬，我們尚未想到捕鼠。

「這陣子大家都難熬，想是本來蹓躂樓下食堂的廚房老鼠，現下人人在家辦公，無肉好吃，才跑到這邊討食。唉，小小生命也是艱難。我們收好東西，無糧可咬，自然跑到別處，就甭趕盡殺絕了。」連受害人強哥也這般寬容，我們也不好趕盡殺絕，畢竟一點點食物損失，我們承擔得起。

好一段日子後我才會想，也許人會寬容，僅是針不戳到手指不懂痛，沒曾受太大傷害，一切虧蝕在可控範圍，就自詡仁善，不輕言復仇、雪恨、詛咒，實則怕麻煩，怕太強烈的情感，傷身。

我們相約一天大掃除，權當處理。一群人搬疊桌椅，掃地吸塵，把空間整理清潔一番。不經意打掃至真真往日座下，我錯覺那裡仍養著她的小小生態圈——龜在缸裡爬，寄居蟹和魚在別缸，倉鼠跑著滾輪。

那時，我們邊吃下午茶，邊把倉鼠從籠裡放到桌上，撒一些小籽，引牠屁顛屁顛地拖著圓滾的身軀去追，囫圇吞棗而亡命般把葵花籽塞入囊袋，兩腮鼓凸。待塞得無法再多時，才以兩枚門牙刨吃糧食。

齒小鋒利，我試過逗牠，咬得我手指穿孔，有血珠。

如今人鼠俱不在，邊角處竟有幾顆鼠便，黝黑且硬，像小豆子。阿嵐打趣道：「不知這便，是那隻猖狂的老鼠，還是從前小倉鼠留下呢？」

阿華聳肩：「不用分得那麼小，反正都是鼠。」

好一陣子，鼠不再出現作惡，我們慢慢放下心頭大石。

那邊廂稍稍收斂，這邊廂又出事兒。

不知何時起，我開始在大廈廁所撞見阿華刷牙。地板長年盈著一道淺而可疑的黯黃水窪，泛有躁騷味，阿華卻踩著拖鞋，若無其事漱洗，穿居家背心。我眨眨眼，沒有過問，甚至不希望他告訴我，怕是麻煩事。

但狗改不了吃屎，終歸是個話癆，守不住口。他約我吃火鍋，涮羊肉喝啤酒，氤氳的白霧中，阿華的臉若隱若現。我們對坐，幾杯下肚，他忽地擠來這邊，勾我的肩問：「你有沒有東西想問我？」

我說沒有。他的臉垮下來，換種問法：「你是不是知道些甚麼？」

我說：「不知道，但如果你想告訴我，最好不要，我不想知道。」可惜仍剎不住，阿華下句便接道：「我很少跟人吃火鍋，很少跟人吃飯。老婆孩子不在家，傭人被老婆罵慣了，不願跟我同桌——我也怕麻煩她煮，多在外吃。男人老狗，有時也很唏噓。」

所以他開始看阿嵐的直播。

起初只當支持同事，後來開始激烈的牽掛，她不知道。「我自己也不相信，但總覺得她好像晚晚陪在我身旁。翌日上班見到她時，便很高興。有時我很怕我老婆的眼。但跟阿嵐一起時，像個青澀的中學生，連談上話也會興奮一整天，像中了彩票。」

他說起初尚不能確定情感，只知道阿嵐愛吃，特別給她買牛油皮蛋撻。直至一月起，眾人在家工作，不再聚頭。無法相見後，才發現自己有多瘋狂想念她。

蜘蛛織網，原來這麼回事。

阿華灌了一口啤酒：「我沒想過會成事。二月時，我不是鬧口罩荒嗎，日子不容易。檯頭那盒口罩，你否認後，我去問她。她說是。那句『是』肯定還包含了別的甚麼。你想想，一罩難求，她這算是捨身救我了。接下來，你也看到，我們開始在辦公室待到很晚。」

這是傳說中的「愛在瘟疫蔓延時」？

在我看來，阿華這人雖多話，處事卻很謹慎，有分寸，誰能想像會鬧出這般荒唐之事？我問他有否想到後果，最後會很麻煩。疫情一完，妻兒怎麼辦，生意怎麼辦，辦公室怎麼辦。

世界一旦恢復正常，怎麼辦。

阿華往我杯裡傾啤酒，碰杯乾了，咕嚕咕嚕，喝光後還嗝一大道氣才應道：「嗝，我說呢，這時世，誰能知道明天會發生甚麼事呢？是不是？半年前，我們哪會想過香港會變成這樣？如果明天世界末日，我今天還想去維園裸跑呢。你啊，就是船頭怕鬼，船尾怕賊，不累嗎？我覺得啦，總會有讓你很想，很想，很想很想，嗝，不得不做的事，到時你就明白，嘿，風水輪流轉。。」

他是嗨了，咯咯咯笑著，繞口令般重複「很想很想很想」二字。香港如今這狀況，有甚麼想做要盡快做。他說。

那時我自然聽不懂阿華說甚麼。

疫情後，總覺得一切變化很大，多事起來。

也可能只是從前我不曾關心。

老鼠又回歸。強哥一時鬆懈把玉米濃湯粉隨手放在桌上，翌日便見遍地皆粉。包裝袋被拖至我的檯底角落，像《糖果屋》中弟弟在森林悄悄留下的麵包屑之路，歪歪斜斜，一撮撮的小丘，並不均勻。

我們談了一番，果然還是該抓鼠，幾個人各自提了些方法，最後大比數贊成買來幾塊老鼠膠，先試水溫。

下班後，我沿工業區的街道拐彎，走往市區買膠，道上泊滿貨車，空無一人。街燈暈黃，影子比我身形更長，走得更前。一切都靜，要聽見風聲。從前好幾次加班晚走，真真說吃宵夜，便走這段路。

想來，我從沒拒絕過真真甚麼要求，但也沒有確切答允過甚麼。總是她提議，我點點頭，不置可否。

走到一半碰見垃圾筒，真真要抽煙，吐煙時說：「你看，有星星。」我仰頭，大廈和大廈的狹縫間，框住幾點微光，閃爍生輝。她又說：「香港真是很細，連天空都是裁出來的。」

我總是錯誤理解她的話。她告訴我格子鋪裡店員與賣家的爭論時，我以為她要說甚麼結論；她常說家裡太擠，一家五口住在狹逼的公屋內，我以為她跟家裡關係一般——直至她妹來辦公室，紅著眼眶替她拿回電腦、倉鼠籠、龜缸，收拾一切，我才知道大概是猜錯了。

所以，真真總說，香港真的很細，綁手綁腳，我便以為她討厭這個城市，討厭這裡。

我以為。

※

三月中，辦公室人流猶如輪班，鬆散得像煙灰。工業區附近有感染個案，大家都怕染疫，乾脆不再回來。老闆允我在家工作，但我放心不下小盆栽們，一週總會回去個兩、三天，或囑其他人替我澆水。大家笑我，別人是「社畜」，我是「草畜」。

於是那天，我佇在真真座位前，看望很久。

真真遺下的物事，多由她妹妹取走，只剩兩棵便於打理的盆栽。一株空氣鳳梨，像缺了頭顱的髮巢，擱掛在環狀吊架上，分岔亂生；一盆小玉露，一顆顆綠裡帶青，似玉又像小腳趾。我用真真留下的小噴壺，學她把自來水先放一晚，去掉鹼分，翌日輕噴，葉面即如染色般鮮綠。

大家都笑話我，現在盡責如園丁。我想只因時間不長，我不過是個托管者，代為照顧，待真真回來，便要交還予她。我相信她總會回來。必須這樣相信的。

但那天下午，座前一片狼藉，都是泥碎，儼如日前那包被撕咬遍散的濃湯粉末。

兩棵小盆栽，蓬蓬鬆鬆的空氣鳳梨，整株消失，只餘幾片具嚙痕的尖長葉屑落在掛架上；小玉露剩央莖倒在地上，像根禿禿的玉米芯，根條和葉顆皆被啃光。檯頭的盆附近盡是泥碎，都是鼠扒抓翻莖時挖散的。

它們都被鼠吃掉了。

我們何曾想過，容允小小的虧損，自以為良善，不過是掩飾慵懶的藉口，最後招至更大更沉重的反噬，責無旁貸。

我以為我不在乎，不過是兩株小小植物，還省去每天回辦公室照顧的功夫，要不去花店再買就是。但當刻，我坐在椅上凝視那些散碎的葉屑和泥，非常遲緩，腦袋不靈光得猶如被強力磁鐵吸住而當機的機器人，無法運作。

原來人在蒙受巨大打擊時，會沉默平靜如斯。

——我留不住真真，連她的小小物事，都守不住。

阿華的醉話，「很想很想很想」，像段咒，箍緊我。

當夜，我睡不著，心心念念都是那磨人的鼠，我從沒如此執著，只想牠死。我知悉憤怒和恨的滋味，會叮咬內在，像小倉鼠的齒，不椎心，但腫起來，一刺一刺。是我，都是我們一直縱容，彷彿事不關己，受了小小損失也沒有上心，沒有早早應對，才導致如今結果。是我們一直退讓懶理，養成此果。

牠死，我要牠死。必得死。

老媽說，新界菜種行的老鼠藥最好，我清早坐一小時多公車買回來。紅色顆粒，依說明書沿牆邊鼠路傾置，如小山丘，每隔數尺即一丘，需每天補充。我依言補藥，風雨、假日不改，如往日照料植物般用心，只盼牠死。

我從沒如此執著、盼切。

鼠後來出現得越發頻繁，甚至時會聽到「嗖嗖」聲響，可謂明目張膽。卻是個笨賊，不知為何總視真真座下的角落為據點，偷甚麼東西總要拽到該處留下痕跡，於是我乾脆在角落布下小吃，再撒滿鼠藥，果然翌日小吃就整撮不見。

現在只等時間過去，我念茲在茲的只有這事，工作或社交時頻有凝滯失誤。原來太專注在一件事上，人反而容易散渙。半年前的真真如是。

大概是去年六、七月開始，真真開始心不在焉，整天看手機，連抽煙時幾乎燙到手也一無所覺。她開始寡言，大家聊天時總唯唯諾諾。我們偶然會談到遊行示威，吐槽一下政府，對被捕學生表達憐憫，但誰也沒上過街。

強哥說，大家都必然對社會很多不滿，但能怎樣呢：「你又不能推翻他，你又沒有軍隊，是不是？我告訴你現在的問題在哪裡，問題在於我們都窮，生活過得不好，自然多怨氣，是不是？鬼叫你窮，你爸不是李家誠，可以怎樣？改變不到的。」

真真在低頭餵魚，突然手一顫，整包魚糧丟進缸裡。

紅粉狀的糧頓時布滿水面，魚群一窩蜂似地湧來，張口竭力鯨吞糧顆。阿嵐驚叫：「Oh No，魚不知分寸，會猛吃得飽肚死的，快阻止！」我們才手忙腳亂去抓魚，倒來一盆清水，想把魚先換到別缸去。但要徒手抓魚還是太失敗，金魚缺了水，在掌心猛力彈跳，一躍身濺到不知誰的桌下，地板又是紅色的，一時間難以辨清魚的位置，放回缸時，好像已死翹翹。

沒關係吧。真真淡淡說。

幾天後，金魚們悉數翻肚翹掉，無一倖免。魚眼圓瞪，一副無辜狀。我們怕真真難過，私下把屍體倒進廁所，把缸清理乾淨，藏起，還談好說辭。倒是她回來後，甚麼都沒過問。人越來越古怪，上工時遲到早退，特別是每逢週一，幾乎中午才出現。我隱隱猜到怎麼回事，不敢提問，彷彿一旦知悉便會置身甚麼囹圄之中。

不知道，我不想知道。本來考研就是為了留在學院，只管專心研究，毋須面對社會。我這人，很怕麻煩的。

到了十月、十一月，情況似乎越來越嚴峻，好幾個週一、二，遇到堵路，癱瘓交通，幾乎上不了班。老闆叫我不用勉強，可留在家裡。我卻無法專心，開電視看新聞直播，烏煙瘴氣，很多人，雜物放滿馬路中央，燒起來，火光熊熊。火色有層次，從紅至橘，豔到沉。有人投擲瓶子，一著地即燃起焚灼的焰。

真真說，從前看校外的鳳凰木，以為一旦燒起來，就不用再低頭。

鏡頭下，很多衝突、痛苦、吶喊、憤怒。新聞報導說有人死去。

十一月中，不知怎地，戰場變成了大學，甚麼圍城戰，整個校園被包圍。群組間不斷傳播很多錄音，多是哭哭啼啼，哽咽，背景音很雜，似是匆匆奔走時錄下的，都是求救訊息。我覺得心裡悶悶，但不敢出去，怕亂。

那五天，真真都沒有上班。

週末早上，老闆急急召醒我。他在加拿大倉庫，有些確認文件要我緊急傳他，叫我坐的士回辦公室。回去時，我發現燈亮了。

「嗖嗖。」無人的辦公室內竟有聲。

甚麼人會回來？難不成有小偷？我狐疑湊近，聲音源自真真座位，轉角竟見真真本人——蹲伏在桌下，像隻蜷縮的小獸。旁邊有個紙箱，真真正把東西塞進背囊。聽到腳步聲，嚇得整個彈起，看得是我，才定神。

我視線一斜，赫然瞥見紙箱內的，是我幾星期前替她從國外訂來的防護裝備——頭盔、防毒面具、護肘和護膝……她順著我的目光看去，忙不迭胡亂塞滿背包，急急抱起，朝我點點頭，話也沒講便跑到門口。

那便是我最後一次見到真真。

幾天後她妹妹給我發短訊，說姊姊不做了，想約個時間，上來替她收拾東西。

不做了?這麼突然。我隱隱猜到怎麼回事,又不敢提問,只客套相約時間。

真真妹妹約十九、二十歲,紮馬尾。清理抽屜時,她手腳還很利索,但開始把案頭東西逐一拆走時,動作放緩。我們偷偷窺視,發現她紅了眼眶,即上前遞紙巾,又請吃蛋撻。阿嵐不識相,問真真到底怎麼了。妹妹吸吸鼻子,故作鎮定說:「沒事,沒事呵。她今天、今天……不太方便,才由我代來罷了。」

關於桌下的小動物們,我們討論過要不要每人分養,阿嵐對灰白的小倉鼠頗為偏愛,走前還特地從籠裡抱出玩摸。妹妹卻要全盤帶回家,堅持這是姊姊的東西。

餘下小盆栽們,妹妹分我兩株,她說:「我知道你,你是跟姊姊抽煙的那個。你知道嗎,她一直記得你誇她指甲上塗的仙人掌,她好高興。我家沒甚麼陽光,種甚麼都死。姊才會放辦公室種,我就不帶走了。你好好待它們,可不可以?」

我不知道答允等同背負,如同彼時我尚未知曉憤怒與執著的滋味。於是這些植物們，代替真真，待了下來。

直至被鼠吃掉。

※

如今想來，事情總不是在一瞬間發生的，一切蟄伏已久，像穴裡的蝙蝠，只待最後一絲陽光自山後隱沒，便破洞而出。

某個早晨，鼠終於死了，側身躺地，毛色僵乾，死在真真檯下的角落，小小一隻。我戴上手套，俯下身收拾。掃到箒裡，覺得哪裡不對勁，不是我們素常看見紅尾碩長，耳圓鼻鈍那種溝鼠……甚至，好生眼熟，有點怪怪的。

掃出來，赫然發現，卻是倉鼠屍體，灰灰一團，眼目圓瞪，囊袋鼓脹，毛色卻不如月前鮮軟順滑，一塊塊乾瘪嶙峋。

我心心念念要除滅的惡，竟是，真真曾養著的小倉鼠。

原來，牠跟我們一樣，都困在這裡了。

野貓

那是一個百無聊賴的下午——戰機又剛在頭頂飛過；家維在房間播放英語教材，伴隨其蹩腳生硬的發音，妳知道他正準備出國；宜雯又跑到屋外通電話，把紗窗錯當成門關掉，於是與家人的爭執聲一字不漏傳入；至於妳，妳和旻承坐在沙發，電視定在臺語頻道，但旻承把它調得極小聲，畢竟他希望妳專注——

一如往常，他眉飛色舞講述那些本地日常的壞消息，槍擊案、交通意外、詐騙案、謀殺案之類，而且專挑荒謬如黑色喜劇的分享：

「啊，我想到了。有個七十歲的阿伯玩交友軟體約砲，約出一個十八歲的正妹，妳猜怎麼著？」他說話時有種演繹感，喜歡製造懸念。

其實妳沒多大興趣，但這是他的樂趣，作為一個應當盡快融入的外來者，妳最好滿足期許，並根據對他的理解，回答得盡量普通，好給他掀起高潮的機會。

「嗯……被騙錢了？」

「真真，」旻承誇張扶額，用一種沒好氣而帶點優越的玩味語氣跟妳說：「太普通了好不好。妳都聽我說過這麼多新聞，總該大概抓到要領吧。」

要領就是要裝笨來配合你這戲精。妳心想，嘴上說：「所以發生甚麼了？」

「這個妳準猜不著。他們去摩鐵，才開始幾分鐘，阿伯就倒了。那女的趕忙找他口袋有沒有藥之類，猜她找到甚麼？好啦我直接爆雷，只有藍色小藥丸！救命，結果阿伯就心臟病當場嗝屁了，哈哈。」

他笑了半天，發現妳無太大反應，意識過來：「啊，藍色小藥丸，就是，你們香港叫甚麼……偉哥？讓人變無敵金剛那種藥啦。」他稍微放輕聲。

意識到這樁本應可笑的命案因文化隔閡而大打折扣，旻承看妳的表情，讓妳錯覺自己是個在莊嚴布道會中無法忍住噴嚏的壞傢伙。

家維跟宜雯正好回來，提議開車出去逛逛，打斷旻承分享一個男子意外用煙灰缸砸死前女友的新聞，妳鬆口氣。

你們在車庫，即聽見塑膠袋窸窸窣窣被翻動的聲響，一瞥，竟有貓撕咬袋子，翻找可吃之物，連生麵屑也不放過，叼起即跑到對面車庫，以舌頭舐舔，吃完，復又回來，咬走洋芋片袋。這次你看得清楚一點，橘白貓，鼻間一點痣如顏料，頭後大片色塊，胸前一片白鬃毛至肚，頭偏扁圓，顯得眼睛大如彈珠，澄黃剔透。

「啊，是灣灣！」旻承一喊，貓即躍入附近草叢。

「就叫你別再這樣喊牠，」向來嚴肅的家維皺眉：「連貓名都得政治化，好煩。」

「灣灣有甚麼政治化？」旻承奇道：「這社區大家都這樣喊，你沒見牠背上那大片橘色，真的跟本島地圖一樣，上端偏右，下端像個葉梗，這是客觀描述。更何況臺灣就有個插畫家叫彎彎，難不成你要她改名？」

「哎喲，通常滿口喊去政治化的人才最政治。」宜雯抱著妳的手臂，輕聲道：「嘿，他才巴不得早日出國移民，把全家人接到外國住。」

妳沒留神話裡含義，只認得貓背上有一片橘色，像一個島嶼。

不遠不近，牠回望妳，恰如其分的距離。

陽光打落，貓的瞳孔尖成一根針，牠手腳長，骨架雖小，身形卻顯飽滿。若非耳尖缺了一角，就要錯以為家貓。

※

家庭式套房，兩層，四房三陽台兩衛一廳一廚，附車位，四十六坪。小社區，管理處有代收包裹服務，社區中心開放至每晚八點，生活機能便利。惟一美中不足是不如城市公寓，沒有統一垃圾收集處，需追垃圾車，每週一、二、四、六，約四點半經過，哎有時會早到遲來，沒關係，可以下載APP查詢吶。同學，我不騙妳齁，這家具冷氣我都幫妳換到最好的，窗戶好大，有沒有？房間通風採光，很舒服啦。衛浴還乾濕分離喔，馬桶今年才換的，不漏水，但還是注意別丟衛生紙啦。有甚麼問題就找我，不用擔心齁。

房東阿姨帶妳參觀房子，資訊連珠炮發，炸得妳暈眩發昏，衛是甚麼、坪即多大、垃圾分類如何處理，種種疑問在密不透風的熱情下被堵得不敢聲張。

妳實在急需住處。

當初走得很急，機票都是即日買的，單程，連家人都在妳抵埗後才得知離開的決定。好幾箱衣衫物事都是拜託妹妹寄來，卻也在幾次更換住處後丟遺一批。

丟落的，何止物事。

妳輾轉借居好幾人住處，有的認識，有的別人介紹。起初充分感受愛和關懷，時值立委選舉，連外出都能看到飄揚的宣傳旗幟，一張張催淚彈爆破的新聞照片，配上候選人名字和口號：「保臺抗中」、「挺自由、撐香港」、「臺灣反親中」；造勢大會上，人們冒著冷寒大喊支持香港的口號，挺人權，反暴政。

妳卻不再認同團結的意志能推倒高牆，不就是因相信復又失敗，才會倉皇逃落至此嗎？

很多記者、媒體、拍攝者，甚或文字工作者都想來採訪，解釋他們正在進行的偉大計畫，記錄變故，刻劃時代，而妳（的身分）是過程中珍貴的砂子。

妳沒義務滿足與成就任何人，全盤拒絕。

終於申請到學位，在偏遠的鄉郊，不在北部，遠離紛擾的中心，更好。妳也懂得鑒貌辨色，在憐憫支起的善意被消燃殆盡前，先行識相告別。剛好此處釋出一間套房，與三人共住。兩個學生，一個在附近農場工作的女子。

簽下租約，不多話，開始待下來。

房間在二樓盡頭，一張單人床，一個組合衣櫥和一張書桌——家維從市區大賣場替你運回來。他熱情主動，很顧人，下榻當日即載妳到市區購置日用品，半小時車程，自然問起香港。

「很慘啊，我們這邊都有留意新聞，太可怕了。所以警察真的會亂開槍嗎？在街上？跑進店裡？那些浮屍、失蹤案都好恐怖喔。我是沒到過香港啦，但我表弟一家很喜歡去香港玩，吃那……菠蘿油，是不是這樣叫？辛苦妳了，現在搞成這樣，妳也不容易。」

路走到一半，雨如針下。近半年，幾乎每天都濕漉，毛毛刺刺的盈著水，妳身下的車座，霉軟如壞掉的麵包，質感怪異，密閉的小空間滲滿濃濃的煙味（妳後來知道，這是他爸特地從臺中老家開四、五小時過來給他，是家裡惟一輛車）。

但這是對方施以的援手，像他為妳拉開車門時，妳便應當坐進去。自行繫扣安全帶，成為乘客，任其為妳導航，乖乖的，不多話。

（妳記得所有溫柔且顯煞有介事的目光，包括從機場出來時計程車司機聽得妳破爛國語並確認身分後的慰問；房東阿姨在抄錄妳護照資料時的欲言又止。）

家維在大學最後一年，大多時間輪班當工讀生，人很穩重，把鞋子井然並排，吃過飯後馬上洗碗，且定期用檸檬酸清洗熱水瓶；在農場上班的宜雯早出晚歸，難見蹤影，人倒慷慨，常攜回玉米筍、高麗菜、地瓜、芋頭等放在冰箱，在群裡叫大家自取來吃。

於是整天跟妳相對的，剩下念研究所的旻承，家裡開公司做貿易，從前在香港待過幾年。後來父親留港開展業務，不時寄來精緻的日用品。他還有一年畢業，本打算畢業後到香港搵食，卻被家裡喊停——時勢如此，反是父親打算結束那邊業務回來臺灣。

他整天笑嘻嘻，無甚正經，有個特別癖好，會背記本地新聞，自然不是甚麼好消息，越荒謬越戲劇性的他越愛分享：「彰化有一群阿伯在公廟前下象棋，起了爭執，其中一人氣得返家取槍，再趕回來開槍。一發子彈，兩個人，身上穿八個洞，不是神奇子彈就是神槍手呢。更神奇是，射人那個還開車送人去醫院，被射的兩個在醫院跟警察說，只是開玩笑過火，拜託警察不要告他。笑死。」

時間久了，宜雯會調侃兩句：「最近誰又倒大霉了？誰又捅了誰刀子，拜託。」家維向來嚴肅，問他怎麼老喜歡把快樂建築在別人痛苦身上，這樣，講和聽的人都要下地獄的。

「說不定我們的處境也妝點了別人的歡樂呢，沒差。放心喔，屆時我在第十八層，你們住我樓上，有空串門子，還湊夠人數打牌。」旻承眨眨眼。

後來，他那些「故事」，便大多留在陪妳餵橘白貓時講述。

起初，橘白貓戒慎，小心翼翼，接受餵食卻不願靠近，警惕地躍於欄牆上窺視於人。每次稍要縮短距離，牠便要覺察人的僭越，哪怕正嚼咬嘴下罐肉，仍忍痛迅捷跳奔，在另一個停車位的影中，瞄望你們。

室友們發現妳餵食貓時，反應各異。家維有點猶豫，怕牠以後認位置，大小二便都在附近，會不衛生；宜雯熱愛動物，常切些蔬菜混在肉間，說纖維可幫助貓消化；倒是旻承整天游手好閒，雖嘴上毒舌，也會載妳去買罐頭，並執意喊牠「灣灣」。

「啊不然浪貓浪貓的喊牠？有名字總比沒名字的好吧。對不對，灣灣？」他說。

漸漸與貓親近，竟變成各人輪替去餵。貓開始放下戒心，準時來到停車位等候，若遲了餵食，更會主動跳至玄關陽台喵喵喊叫，形同催促。大家又驚又喜，覺著牠認得人，好可愛，有時吃飽，以肉球擦臉時，可給人摸拍數下。

生命開始有了期盼。妳以為牠可填滿各人間難言的縫，在「好可愛」、「好乖喔」、「不可能這麼好摸吧」之間，撐起脆弱且透明的同盟線，成功蓋過日常裡微妙而偶爾出現的突兀。

他們有時會問起香港最近怎麼樣，也會在社交平台上轉發人權議題，筆電貼滿各式貼紙：「光復香港，時代革命」、「支持同志平權」、「我是人我反核」、「多元成家」、「沒有人是局外人」，「島嶼天光」、「爭取百分之百言論自由」等。

議題貼紙似一塊塊相互扣連又各為獨立的版圖，構築了整幅電腦背面，色彩斑斕。

妳一度在他們熱切的關懷裡，錯估大家對政治或社會的關注——不，是妳過於天真順遂，像以往旅遊時留下的美好印象，物價不高、美食之都、進步開明、接納多元意見、勇於改革……

所有關於異地的身世與故事、苦難與喜悅、文化與歷史，無非都是主觀投射。

有一年，妳與友人更曾像缺水者汲汲於豐潤的綠洲，特地買來機票飛到臺灣，感受大選氣氛。新聞一幕幕拉票、訪問、候選人演講辯論、網紅與知識分子的站台都讓妳激動得牙關打顫。

像一個虔誠濃重的節日。

時值寒冬，妳在冷涼的晚上擠身於露天造勢大會，人潮洶湧，戴一式帽子、舉相同旗幟、喊一樣口號。臉頰彷要結霜，但台上握著麥克風輪替喊話的人們何其洪渾，聚光燈打落台上。妳坐得遠，對方話速極快，只聽懂幾乎每句話的收尾都是：

「好不好！？」、「是不是！？」、「對不對！？」，接著便是呼喊候選人名字，像一首節奏平穩的曲。

台下如妳，即激動扯破喉嚨般嘶叫：「凍蒜！」、「凍蒜！」，竊以為東方伊甸。

這是華人社會中首個（甚或惟一）實踐民主的地域，想必人人汲汲於政治和議題，為擁有權利而熱衷參與公共事務，爭取權益，討論議題，在對話中益加進步，儼如積極公民。

直至妳發現，人們擁獲的種種權利、關懷和愛，也許都像室友們每部電腦或手機殼後斑斕且交錯的思潮與主張貼紙們，匯成的蜃景。

那麼好看，又那麼易於破損，輪常替換。

橘白貓的背上有一片橘色，像一個島嶼。

有時你們陪貓在小區散步，沿小樓間，到公園、社區中心、訪客停車場，甚至區外的小路——這部分只走過一次。遇見野狗，貓即機警轉身而逃。

妳發現，區內也有貓群勢力分布。

橘白貓顯然是個獨行俠，與其他貓關係一般，有次遇見一隻尖臉三色貓，據說這種貓最兇。橘白貓頸背順下至尾的毛即防禦性炸起豎立，雙方喉間發出示威般的哈氣，三色貓更作勢撲起，前爪半提。橘白貓終是老實，嚇得攀上樹椏，久久不願下來。

「灣灣你快回家，別再流浪啦。」旻承半哄半哼輕快的調子：「離家的孩子啊，就只剩你啦。」

似乎是甚麼歌謠，但妳不明就裡，傻乎乎問道：「你知道牠有家？牠是哪家走失的孩子？那家人養很多貓？」

「當然知道，灣灣耶，誰不知道？怎會沒家？」旻承胡說時，總會不經意眨眨眼睛：「我還知道媽媽心裡多想念灣灣呢！」

儘管他話裡的主語指稱怪怪的，但過去堅實的價值觀促使妳相信，貓必須回家才顯安全：「那我們要不要趕快通知主人？還是要借誘捕籠，先把貓抓了？」

沒想到旻承發出一陣爆笑，語氣忽然蒙上刺：「還主人咧。何苦總這般熱心，妳知道，這終究不是妳的貓，對吧？」

妳好恨他這種涼涼刺刺的語氣，又隱約懂得，這不屬於妳的，不只是貓。

念中學時，校園內出現過一隻幼貓，許是附近住宅區跑來的。貓在廣大的校內林間自得其樂，爬樹、撲蟲子、直接在泥間方便，天生天養。女孩們怕牠性子野，會抓人，不敢湊近，卻又好奇。有同學攜來罐頭，放在操場角落，引貓來吃。好生餵熟，貓也不怕人，還懂得撒嬌翻肚，嚶叫兩聲。

本是這樣好端端的長著，陪伴學生。不料有個跟著母親做動物志工的女同學向相熟團體報告，又跟學校溝通，要誘捕了貓咪送去領養。

事情在校內鬧得沸嚷，跟貓咪生出感情的一群學生自然反對；贊成的則擔心衛生和安全問題，怕貓有不潔，惹來病毒；或畜生沒性，抓傷學生，哪擔當起？要知道，這可是貴族學校。

又過了幾天，話題已昇華至倫理哲思之辯。那當志工的女同學受不了責備目光，終於表態：「貓怎能放養？你們沒看過放養貓的死狀，誤吃毒餌、被野狗撕咬、被車撞，多可憐。如果真心愛貓，怎忍心牠顛沛流離，在外風吹雨打，而不養在家疼愛？」

倫理科的老師更主動在操場設了留言板，讓大家為貓應被放養或入屋發表意見。板上留言大多反思放養到底是否不負責任，抑或人貓共存，還給彼此自由，讓貓咪承受自由與陰霾才是尊重；養於室內又是否人類中心主義，以安逸生活圈養馴化，凌駕貓之天性。

「或許擁獲自由這回事，本來就是充滿危機而不明朗的。」妳記得這樣的留言，署名是那個量校裙邊時，不願跪下的學姊。

饒是討論氣氛再熱烈，更有同學發起留下貓咪的簽名運動，事情畢竟鬧大了，學校終究得處理。那些討論，不過是過程，一節堂而皇之的公民教育課。

最後，貓咪被動物機構捕走，放上領養平台，不久已被成功領養。

據說是那當志工的女學生。

這件事對不過十二、三歲的妳來說，反而相當直白顯然。因著妳篤信的校方把貓送走，並表示這是對貓和人皆最好的處理。由是確信，貓應當被當成寵物框養於室內，才是以策安好。

畢竟，大多數人都是這樣養貓的。架設網架，避免靈巧的貓自高樓墜下，或逃逸離家。他們追求回家後需篤定寶貝位置，不容有失。為此，人們更開始於室內安裝監控器，以便不在家時也能睹見貓的一舉一動，確保絕對安全。

安全、穩定、一切盡在控制與秩序內，不出亂子為上。

妳向來如此成長。

社區內，連帶鄉鄰的巷里，若細心留神，總能發現屋外有小籠、水盆、食物碗，剩下幾顆飼料，貓群就在附近蜷伏，如嵌拼於風景內的物象般自然。個性不一，有的慵懶舒張肚皮，躺在叢內舐舔身體；有的臭著臉卻多話，磨蹭小腿，著人撫摸；有的漂亮高雅，歪歪頭，輕叫兩聲，似打招呼。

巷內的麵店老闆娘說，街區乃至鄉里放養貓的人家很多，貓相互間能打打玩玩，大小二便又可在外解決，自由的天地任其行走，甚麼時候想回家了，家門下有小洞，一鑽就是。

「來去自如是好。」妳跟老闆娘閒聊：「但貓貓哪天被抱走，迷路了不懂回家，或出甚麼意外的話，怎麼辦？」

「哎唷，養這麼久，沒那麼容易啦，天生天養嘛。若真如此，」老闆娘給妳找零。

她緩緩且稀鬆平常續說：「那也是沒辦法的事。」

之於放養生活的貓群，妳半信半疑。牠們看似活得自在，敏捷，悠閒；但妳往往會在不經意瞥見牠們毛髮髒皺、身形瘦弱，甚或外在有傷，更有小蟲盤繞時心裡一抽——好不好設個誘捕籠，把牠們抓好帶入屋？

放養這字眼，對妳來說是新奇的概念。被放養的貓，夜裡會走進房子裡，與人類共眠嗎？人類會為牠們準備糧水、為其洗澡、帶其定期作身體檢查、看醫生嗎？倘若貓幾天不見蹤影，人類會視為理所當然，還是焦急尋貓？

放養的貓，是有家，抑或流浪？

※

地震發生時，妳在樓下停車位，與旻承一起等垃圾車。

剛來時，妳真的傻傻相信App顯示的垃圾車到達時間，在苦等近半小時而四下無人後終於吸取教訓——對於這裡的一切，必須耐心等待。最近，妳學會聽到音樂聲伴隨政府廣播於社區入口響起時，才慢慢走出去。

妳曾與室友分享垃圾車竟會廣播政策呼籲，如提醒投票、準時繳費、各項申請截止，軟性地，以不突兀的方式把政令融入日常，很不錯，這曾是妳所企及的公民社會運作。旻承自然又要潑冷水：「是嗎？但這是各處鄉村各處例喔，有些縣市會播放市長歌聲耶，真自由，真讓人羨慕，是不是？嘿嘿。」

有時妳覺得，旻承總要故意戳破妳所有嘗試建立成形的氣泡，而妳不知道，這是基於善意抑或惡意。

「妳知道嗎？一對鄰居因停車位劃分起了爭執，其中一方懷恨在心，竟跑上對方水塔撒老鼠藥。」這天你們比平常早下來，垃圾車剛進社區，要等一會，旻承便講起新聞。

「是是，他們全家毒發身亡了嗎？」妳已習慣他的惡趣味，不太願意給他鋪墊的機會。

「欸欸，別急嘛。真真妳怎麼想得那麼壞。」旻承撇撇嘴：「那家媳婦後來用水時見到水變色，覺得不對勁便報警，翻看監視器才發現鄰居投毒竟已近半年，不只一次。雖然很可怕，但這次沒有死人喔。」

「為甚麼總要強調這些呢，難道只有取笑他人的不幸，才能活下去嗎？」妳問。

「欸欸欸，怎麼森七七了呢？」旻承一副投降狀：「是哪裡惹妳不高興了嗎？」

諷刺的是，妳知道問題不在他，這些誇張且無常的事情，本來就每天恆常發生，再被大肆報導。

出門前，客廳的電視還在報導連日大雨沖走一行溯溪的國中生共五、六人，已失蹤多日尚未找到；接續播放另一宗砍人新聞——一名婦女發現鄰居出門時沒戴口罩，好言相勸，對方轉身回到屋內，孰料竟是提菜刀朝婦女頭部猛砍，身中多刀，幸保住性命。然而提審後，法官允許嫌犯以二千元保釋回家，受害人不能接受，在鏡頭前近於呼救般表達疑慮，擔憂對方報復。

訪問時，受害人口罩蓋住下半臉的疤，似藤蔓，因其臉容激動而繞生現露。

「不是，不是你。」妳躊躇該怎樣把怪異的不安化成堂皇一點的語言，最好是個問句：「你不覺得……生活在這裡，很易出事嗎？」

「例如？」他大聲問，畢竟垃圾車將近，音樂聲漸大。

記者訪問受害者，對於嫌疑人獲保釋，更居於樓上樓下，她有甚麼護命對策，會否暫時搬離此居所。

受害人大剌剌說：「窮鼽，哪有錢搬走呢？」並向記者展示簇新的全罩式安全帽，即場戴上，更以指骨輕彈表面，以示堅硬。她說，如此對方就再砍不到頭和脖子了，不過有點悶就是。

這聽起來似個會在脫口秀上聽到的地獄笑話，但所有細節如磁石般的荒謬，吸豎出妳全身每一根寒毛。

「意外啦天災啦人禍啦跟人起爭執啦之類，騎個機車可能轉彎就被撞飛了，」妳吸一口氣：「不然就地震，或許鐵路出意外，或許勸鄰居戴個口罩就被捅死，或許核電……」

「對啊對啊！或許一天隔壁對岸終於朝我們射個導彈，留島不留人，轟！清光光。」旻承還誇張地拍一下手，再十指搖搖，模仿煙消雲散：「嘿，怎麼辦呢？那也是沒辦法的事。」

「這不好笑。」妳瞪著他：「你知道我不是想說這個。」

「妳應該把『生活在這裡很易出事』中的『這裡』換成『香港以外的地方』。」他執起垃圾，準備待垃圾車轉彎就上前：「剛說的那些，別的地方沒有？莫不是妳在妳的小香港待太久，面對變化就驚慌失措，神經質。」

妳試圖辯解，試圖消弭他對地方和人的定型理解——但張開口，卻說不出話——難道，真是這樣嗎？

此時，地震發生了。

起初妳以為自己身體不適，怎麼眼前一晃，頭重腳輕，重心不穩，似在船上難以平衡。然後發現，竟是踏實踩於平面穩重的水泥地在抖動，挪成搖拽的浪，左右甩晃，妳從沒經歷，連站立或行走都無法信任的惶然。所有筆直固硬的平面都軟掉了，房子、路燈、梁柱，扭來扭去，彷彿脊椎被抽掉。

世界在一剎那，不再堅實雋永。

小時候看大陸地震的紀錄片，樓房塌陷，長門變形，人即生生擠在裡面如球而死。妳想到逃跑，卻害怕得連腳步都難以挪動。

要死了、會死嗎、會被困嗎、會就此殘廢嗎。

就在妳內心翻著巨浪般演著小劇場時，晃動頓止。

像時間膠卷接壤，放映繼續。

垃圾車在轉角稍停幾秒，迅即如常駕駛，前後兩輛，可回收與不可回收的黃色大車。廣播呼籲，公民責任，十二月十八日，全民公投，四大議題……黃燈閃爍，音樂奏放，鄰居紛紛追近丟垃圾，旋即回家，離去。

旻承把垃圾丟了，反見妳仍愣在原地，喊道，發甚麼呆，車都跑了，即取過垃圾追上去。

剛才地動山搖的晃盪，彷彿僅是片段播放時，因接收不良而微微冒出雪花，稍稍卡住的畫面。

不過一瞬，世界即回復正常，運作流暢自然。所有人面對生死邊緣的霎那變故後，仍能若無其事回到生活秩序中。

「對了，你有沒有聽過《三隻小豬》的故事？」走回去時，旻承接續剛才的對話：「你現在就似那隻被狼吹倒整個房子後，倉皇而逃的豬大哥。」

回到屋內，妳問大家有感受到地震嗎？宜雯跟家維說有喔，一下下，還好，繼續邊做飯，邊討論國外生活的事，談到申請定居和家人移居的程序。

「瞧你緊張的，老實說，先別想得這麼長遠啦，也許外國生活沒你想像的好呢——」

「不是啦，我是真鐵了心想過去的——」家維正色道：「你那時不是這樣嗎？」

「我沒你這麼大包袱喲，」宜雯剛炒完菜，開始上碟：「從前也許是的，但現在對我來說，待在哪裡都沒差。那裡、這裡。反正都是一個樣子。」

你們在客廳佯裝看電視，旻承小聲補充，妳別看宜雯現在當個農場女漢子，她是名牌大學外文系畢業齁，在外國待過幾年，回來後在跨國公司跑業務，很優喔。不過有天突然辭職，一個人來了偏鄉農場做工，才在這裡租個房子。你別在她面前提喔。

他再壓下聲線輕說，去年中秋她爸媽來看她，在社區門外吵了一架。

家維呢，他不打算回來嗎？妳指手畫腳問。

「嘿，就像妳也不打算回香港一樣吧。人在這裡，就會仰望那裡，總有更好的打算，就是這麼回事。」旻承把電視調大聲量，怎麼轉都在播新聞，一台是政客帶同農民抗議萊豬的記者會，旻承轉台；一台邀來大學教授分析萊克多巴胺的無害性，開放電話來詢，旻承再轉；一台是時事評論員抨擊進口萊豬政策過於倚賴西方貿易市場，是不健康的表現，旻承關掉電視。

「救命，地球上有否哪個地方是不談萊豬的？天啊誰要關心豬肉，我們每天吃的所有東西都好毒哇，乾脆餓死。」旻承抓抓頭。

「我沒記錯的話，上次萊牛時，政黨們明明是相反論調，這次萊豬全逆了。笑死。」家維難得加入討論。

「確實，美國就是我們的爸爸啊，哪能拒絕啦。」宜雯端菜到桌上：「欸，吃飯了。」

「救命」、「笑死」、「確實」，都是大家的口頭禪，一派輕鬆且拿事情沒輒的模樣。這是觀察所得，好比當初發現妳開始餵橘白貓時，也是一樣。

「救命，真真妳可真佛心。」

「整天見妳神神祕祕抱著一包包跑出去，以為做甚麼去，原來是餵貓。笑死。」

「餵貓好哇。牠這麼瘦，多餵牠，肥一點才好。確實。」

漸漸發現，這些口頭禪幾乎可以回覆任何、任意、風馬牛不相及的話題，從世界大事到私人感情，滴水不漏，不會冷場，恰好托住所有對話的溫度。

飯後，手機彈出幾個新訊息：有待在臺灣的港人邀約見面；另一個群組內，有小家庭宣布將會二次移民到歐洲，放售家電，皆只用過一年多。

世界就是道渾圓的旋轉門，進進出出，川流如織。人們從這島跑出來，奔往那島去；有人要從此島離開，巴望著跑到彼島去。轉啊轉啊，轉到最後，所有人都擠滿環門，卡緊不動了。

人們塞在其中，辨不出門內門外的分別。

有時候，妳迷濛醒來，望及室外藍天白雲，難得陽光明媚，就覺著，這麼溫煦地活著是可以的嗎？

窗外，機車嗖聲飆掠，不見蹤影。山脈連綿寬長，人和房子即顯渺細。有時錯認，日子似要飄起來，晃到半空，畢竟，連踏實踩在地上的步履竟也不可信任。那繫著人們的絲線，必然相當幼軟，易斷，一放手，就飛到遠處。

第一次意識到，天空分為兩個，是妳坐在旻承的機車後座，等過馬路時。驀地，上方傳來如雷轟隆的震耳滑翔聲。但頂著安全帽的關係，妳來不及抬頭，車已行進，只聽到刮空的尾音在背後呼呼噴氣。

一段路，連續幾次作響，巨鳴如近在咫尺，好像飛得很低。

妳問：「疫情下還有這麼頻繁的飛機班次？大家還敢四處玩？」

他的語調沒好氣得像一記白眼：「那是戰機。這裡附近有空軍基地。」

戰機的意思是，載有導彈、武器、軍火的航空工具。以往只在影視、次文化中出現，像是《星際大戰》中路克駕到敵方基地，射出如以螢光筆劃成的紅色線條，炸毀死星的扁平戰機；或是《捍衛戰士》裡湯姆·克魯斯翻轉再翻轉，急墜，追逐，在控制盤內鎖定目標，擊射，渲染大美國主義的三角軍機；要不就是打過的電子遊戲、VR體驗。

妳沒想過那些爆破場面、極限體驗，會與現實邊界接壤，延蔓，似蕈，一朵朵綻開，匯成具體。一層層，演習、衝突、軍火、槍砲——戰爭，最後炸開一朵最大的蕈狀雲，嗚呼哀哉。可惜沒有實感關係，設想畫面都如卡通滑稽，連雲的想像，都像寬大蓬鬆的蘑菇般可愛。

妳常聽旻承和家維一方面嘲諷藝人們逃避兵役的藉口多麼可笑蹩腳，一方面分享傳言役中或殘酷或絕對的軼事，讓他們既不願服役，又難以面對日後如何向面試官、陌生人、長輩等，解釋其身分證上「免役」二字源由。

從前在香港，天空傳來的機動聲響總是奢侈而人畜無害，遠去與回歸，離與返，不外乎消費、旅遊、出差，與政治無關，與陰霾無關。

離開前，妳曾在上班的辦公室養魚。有次餵魚時，合租人們談起對社會的不滿，有人說：「但能怎樣呢？你又不能推翻他，你又沒有軍隊，是不是？」

所以，那些關於暴力、陽剛、體制，妳視作虛幻，過分煽情而拒絕的武器象徵，並不僅僅指涉殺戮與鎮壓，竟是一體多面，與主權不可分割。

無從迎擊或推翻。在安靜無雲的天空下，沒有被襲擊吞併的恐懼，也沒有反抗資本，遂安好計畫生命，編織肌理。

從前奢侈而溫和的天空，看似和平，無風無浪。

此岸的天空，陰黯有雨，突如其來不可預料。間歇有陽光，戰機從雲間駛過，演習，一遍遍練習，仿擬路線。武器於頭上掠過的巨響嵌成日常。

兩個天空間，恆著浩瀚的溝。

妳幾乎不曾抬頭望過天空。那麼，假若是整個人騰空時，可曾留神身下的土地？

若要為印象中的香港截裁一個畫面，會是甚麼？明微問妳。

妳以為會想念辦公室內養過的寵物及植物們，不然則是那雙定期修護，厚實且泛亮閃閃的十指美甲——然而，甲上眨如星輝的光點，反讓妳記起倉皇登機的夜半，飛機離地，妳俯視這片土地的最後一眼。

那個妳曾經崇拜，因不願下跪而被罰抄的中學學姊，原來輾轉下也來了臺灣念書。妳們在校友介紹下，久違而生疏地會面。她告訴妳，正在寫一本關於兩地的小說，希望訪問因不同原由來到臺灣的香港人，在臺出版，透過文字留下痕跡印記，引起關注，這是文學的功用。

一番話說得誠摯堂皇，妳不懂甚麼動聽的藝術文化崇高理念，訥罕所謂不同原由，不就是移民、留學、流亡、打工麼。妳認為她要以別人的苦難和經驗作為肥料，好澆灌自身的歉疚和焦慮，成就些存在意義。妳不願成為任何人敘述的故事裡的註腳、加強說法的佐證，那往往只會鞏固印象和定型。

她沒勉強，禮貌來往，共同回憶那隻昔年曾在校園奔馳的貓。

後來妹妹說，妳不知道嗎？她是因為弟弟的事才過來臺灣。她弟弟跟妳同年呢，新聞上曾報得沸沸騰騰的——某些備份網站還能找到他的事。

幾天後，妳跟明微談了一場很久很久的對話，去掉所有試探、偽裝、謊言、諷刺，談及去留、記憶、疼痛、祕密、無法再見的所有——那個妳離開前的最後畫面。

飛機啟航，一切越來越小越來越小。妳凝睇窗外，原本平視的周遭開始後退、模糊、變形。雙腳離地，窗外的板塊變得越來越細，香港縮消成一片被撒上螢光粉的拼圖塊。妳俯瞰這個華麗的城市，在暗沉的混沌中，反而極其璀璨，好像要用光所有力氣燃耗至最大亮度，於是一切好像都顛倒了——上與下、仰與俯、天與地、光與暗，妳生出錯覺——星輝紛紛自天空墜落，在身下這片島嶼落地生根，種成一盞盞林立的街燈、霓虹燈、廣告牌、光牌、燈箱、居所與辦公室的燈、夜總會與娛樂場所的燈飾，光芒密布結聚，灼灼耀目。

本應淒美而傷感的剎那，妳卻突然感到一陣戰慄的違和，因此城市裡那些如繁星點綴的燈光——

「似一顆顆會發光的疹瘡，吞食整塊安靜漆黑的土地。」妳這樣描述。後來明微把它寫進書中。

※

最近，你們發現草地上有貓的屍體。

腹腔潰褟，全身髒黑，皮毛濡濕，頸間、喉嚨、身體有粗圓的窟窿，肚間黯紅一團與草泥相染。旻承厲聲喊你不要看，是狗，附近野狗幹的。

妳呼吸凝住。這是哪隻貓？

屍身側躺，僅憑髒污的半身難以辨認毛色。旻承拾了兩片大葉，夾著貓的頸與足，翻身，屍骸已僵，雖沾有泥枝，仍可得見黑白分明如乳牛的毛。

不是牠，不是妳熟知的貓——卻是那隻散步時嚇唬橘白貓的大貓！

有貓死去了，就在貓群生活地附近。

旻承找來手套和鏟子，在公路附近的小山腳把貓埋了。妳抱著他的手臂，夾克的皮粗粗的。突然，好怕好怕，原來，是真的，甚麼自由自在，悠哉悠哉，都是鬼話，騙人的，妳所以為的穩定秩序，哪天就會驀然潰散塌陷，哪天貓在外，就會被車輾斃、被野狗撕咬、誤食毒物而死。

「不不，」妳說：「我得救我的貓。」——我得把牠養於室內，保其安全。

他沒甩開妳顫抖的手，但再一次提醒：「妳知道那不是妳的貓，對吧。」這麼說時，他的眼裡好像載滿同情。

妳開始極盡所能找出橘白貓的主人，焦急而逼切地要告之對方，貓的處境多麼危險，情況如何緊急。妳認為，只消讓主人正視到貓安危的逼切性，牠將被穩妥保護於室內飼養。

若對方仍是愛理不理，妳將繪形繪色、生動、仔細、翔實地，向飼主描述草地上的黑白貓的死狀，如何悲慘而難看，臟腑外溢，頸間被咬的洞深能見骨，皮毛髒污，死不瞑目——是的，這樣說確實猙獰殘忍，且不體面，連妳自己盤算說辭時，都忍不住難過——但這也是逼不得已的，必須把嚴峻狀況如實告之，以作警戒，才能引起橘白貓，或整個社區內放養貓的飼主們注意。

——甚至，甚至，假如更多飼主意識到狗的威脅，沒準還會集合起來做些行動，譬如請動物保護小隊之類去捕犬甚麼的，直接解決問題，那是最好不過。

妳在社區內張貼告示、在社群內留言。除了尋貓，更描述有貓被野狗咬死的慘劇，語調激動，形同敬告鄰里正視放養寵物問題，呼籲關注。旻承勸過妳，說不如先等一會，別這麼進擊，這麼排山倒海的任狂熱濺瀉，會嚇怕大家。但妳在過程裡，撰筆描述、列印告示、觀察及跟蹤貓跡，揣估其歸處並敲門向該戶確認的種種行動中，竟生出一種，久違復燃的積極。妳渴望以堅持和毅力，游說更多人了解主張——彷彿越在區內推動此事，自己就能回到某個尚未崩壞的時刻。

幾天後，被摘下的告示塞滿妳家信箱，附有手寫小箋，大意是妳連日的高調行為讓部分住戶困擾，冀望注意。

多麼顧全感受的行舉。匿名提醒，信中客氣有禮，消弭任何正面衝突的必要——儘管這反讓妳懷念起從前在港，那些相互不爽的惡狠狠當面指罵，最起碼有所互動。

妳開始逆向思考，要不先把橘白貓接到室內生活，護其周全，反正妳的名聲已在區內鬧開，誰都能找到妳——若可引來飼主聯絡，更好，目標達成，豈不兩全其美？

「嗯……確實。這會讓貓安全一點，但牠終究多在外面生活啊，我們關住牠好像不太好吧……」室友會議上，宜雯說。

「對啦。貓現在這處境我也挺同情的，可是真真妳知道，我這陣子忙著準備出國，不太能出亂子。若貓叫啊跳來跳去抓東西甚麼的，我怕——何況，妳問了房東了嗎？我們這裡能養寵物麼？」家維不好意思笑笑。

「她說你們同意就ＯＫ。」妳閉了閉眼。

旻承倒聰明，不蹚任何表決的渾水：「嗯嗯，我跟阿姨意見一致喔。大夥同意我就同意。」

他們人那麼好，不是壞人。自妳到埗起，從不吝嗇任何關懷、慰問和協助。他們會諒解的。妳告訴自己，他們也覺得貓很可愛，很親人，不是嗎？

「你們能再考慮一下嗎？」

妳不想這樣，不想變成情感勒索，不想變成痛苦的呼救，讓大家都為難，但仍如此說了：「如果沒人救牠，就這樣任牠在外邊，出了甚麼意外……」

「哎呀怎麼說得那麼恐怖啦。不過如果真是——」

「那也是，沒有辦法的事。」

誰說的？是他們嗎？是麵店老闆娘說的，家維說的，旻承說的。還是前幾天的嘉賓講座中場休息時，在廁所內那幾個女生調笑時說的？

那是一場流亡者的校內講座。

嘉賓從前曾被捕還押，更被祕密送回大陸受審，獲釋後定居臺灣，繼續推動及支援人權發展，如今已在中港的通緝名單上。他的演講題目是「國之大一統起源」，從周代的分封制度談到秦代統一六國，以古鑒今，分析當下政治形勢。

妳猜近八成在座學生皆無法聽懂，畢竟嘉賓年逾六十，以極其蹩腳，且無人能聽懂，連諧音猜度都無法估量的國語，竭力呼籲在場眾人對極權永遠保持戒慎。

「我們現在就置身在漩渦中心，世界都在看我們怎樣決定！必須保住這裡！同學們，這是歷史時刻，我們不能再耽於逸樂！」話到末處，嘉賓嗓子微破。

本是昂揚而振奮人心的說辭，卻因語言隔閡而大打折扣，甚至惹來台下零碎而憋不住的訕笑。嘉賓狀甚失落，宣告中場休息，一人倚在角落，身形佝僂。

妳使勁跑離講堂，越遠越好，不動聲色。生怕其他香港同學跟妳打招呼時，會引起嘉賓注意，從而被逼在異鄉來一場難堪且悲情的相認——特別是，他激越的演講並未達到預期效果。

在廁所前，兩個洗手的女生聊天：「他講得超認真的，但我很遺憾真的沒聽懂。」

「真的。幸好我旁邊有個香港同學，他有跟我解釋一部分，大概是讓我們要團結，警惕，小心對岸吧，別落得像他們香港的下場。」

「哎唷。救命。但可以怎樣警惕小心嘛，難不成我現在說我很警惕很小心，隔壁就不會丟個飛彈，不會派軍機飛來，不會說留島不留人嗎？」

「就是咩。我們可是，一出生已被瞄準了耶。」

「笑死。那也是沒辦法的事。」

下半場，嘉賓越講越難冷靜，兩眼開始通紅，臉部肌肉因快速顫動而輕微扭曲，語速趨快，更有點咬牙切齒。談到末段，聲線高亢逼切，越急越難組織，乾脆用廣東話說下去，彷彿想以高聲化作兩隻大掌，大力、使勁、殷切地，搖撼在場所有人，告訴他們，已用自身的潰爛頹敗驗證威權可怕，呼求警醒。

「你們睇不出來嗎，他想當皇帝，皇帝！」

如一隻受傷的獸痛苦哀鳴。

「他要的是，統一天下啊。」

講堂密閉，褥暑潮濕的午後僅開著電風扇，大家昏昏欲睡。

提問環節時，有學生問，對於坊間眾說紛紜的送回大陸過程，一直非常好奇，被關在大陸又是甚麼滋味，請其分享。嘉賓神色一凜，就要婉拒，但大會主持人接道，其實今天很多觀眾都很好奇關押過程，包括主持本人，遂以半嗔半哄的語調，央請嘉賓談談。

旻承此時起身，妳跟在後面，位子在中間，得讓同學逐個逐個抽起寫字板，蜷起腿，讓出位置。眾目睽睽下，大剌剌離場。

一路走到偏遠的吸煙區，他說不行了，好辛苦，要抽根煙。

「是講者的國語太難懂，聽得很難受嗎？」妳問。

「不是，聽懂了才難受。」他的煙潮了，打不著，怒得把煙盒往林裡大力一丟：「幹。」

妳把自己的手捲煙朝向他。來臺後，沒了七星檸檬葡萄爆珠，很難捱，只好將就，改吃捲煙。

「妳還記得我說過妳似《三隻小豬》裡茅草屋被吹倒後即落跑的豬大哥嗎？」旻承抽了，比平常嗆，咳了兩下。

「記得。」妳朝他擺白眼：「我肯定不是甚麼好比喻。」

「不僅是妳，今天的講者也是。你們都是。」

那算是甚麼意思？是諷刺妳——你們這些人太笨嗎？要到房子被吹倒才驚覺茅草做的房子從不穩固，根本甚麼都做不了？還是覺得你們沒種，房子都沒了就只懂落跑，跑到別家逃，也不想反抗。

「是是是，知道你最棒了。你是最聰明的豬小弟，會用磚頭建屋，吹也吹不倒，推也推不塌，好棒棒喔。」妳拍拍掌，把煙噴到他面前。

「這就證明，你們都弄錯了重點。」旻承隨手一拂，未有生氣：「我吧，或是我認識的大多數人，比較傾向於是豬二弟吧。」

「用木頭建屋，待豬大哥跑到他家後，同樣被大灰狼一推房子就倒的那個？」

他點點頭：「不過我們的分別在於，早在我們建屋時，已知道木頭脆弱得很。」

「那怎麼不一開始就用磚建？」

「因為沒有。」

「那去找啊？去問人借啊。怎可能沒有？」

「就是沒有。」

「那就直接住在隨時會塌掉的木頭屋內？怎麼不逃？」

「阿不然咧。逃去哪？難不成人人有本錢去國外？看看，現在呢，你們突然失去房子，創傷後遺，就跑到我們家嚷嚷，強調狼多可怕、兇猛、邪惡，必須小心。我們可是，打從一開始在這房子住下來時就知道了。」

妳偏執於貓的絕對安全，與他們置諸度外的穩定秩序，何其虛妄。

終告明白，人們一派輕鬆且拿事情沒輒的模樣，之於地震、之於戰機航行的天空、之於貓、之於恐懼與威脅、之於不穩與變化，多半抽個煙，聳聳肩，報以一句：「那也是，沒有辦法的事。」

搖搖拽拽晃著的不穩定感，人之渺小，日日夜夜習以為常的共存。

※

天色陰沉，橘白貓攀至妳家陽台，連聲喵叫。妳看外頭似要下雨，乾脆打開玄關的玻璃門，把糧盤置於客廳。貓嗅到罐頭肉香，起初躊躇於門外，尖聲喵叫如長嘯，急躁而不耐煩，彷彿命令妳應移端糧盤到門外，教牠方便。

但妳未有理會，心念一動，不如來個測試？

貓先以前爪輕踮玄關地板邊界，圓頭微晃，鼻頭因翕動而牽拽幾根鬍子，輕輕搧擺——貓好奇了，頭顱於門邊前後伸搖，嗅嗅望望，左顧右盼房子裝潢——忽倏身後雷聲巨響，嚇得貓弓身彈起，尾巴瞬間豎直炸開，下意識連滾帶跑衝進房子。

那邊廂外頭已下起大雨，淅瀝如豆落。

貓順著氣味，探頭探腦直往餐盤走去，蹲下來，津津嚼食肉湯。

待妳洗過餐盤回到客廳，牠竟自來熟地爬上沙發蜷縮伏頓，尾巴有一下沒一下拍動。妳把電視聲量調小，盯緊看似溫順而無所防備的貓和沒關的門，這是否意味，牠也適應室內無風無雨的居家生活？要不要，乘其鬆懈，躡手躡腳走到門口，快速利索把門合上——這是正確決定嗎？

良久，門縫滲水，蚊蟲紛飛進光處。妳想，也許先關紗網。稍一動身，貓即警覺醒來，原地俯前爪子，匍匐弓身，臀部朝上翹，毛髮半豎，伸個懶腰，好像未睡醒，朝妳瞇覷兩眼。

在妳以為牠或要舒順打個呵欠，轉身再睡時，貓已以極其迅捷的姿態，奔竄離屋。剛碰得門外濕滑地面，貓有一剎閃躲，像要退回室內，雨珠落在牠橘白相間的短毛間，像一根根幼刺。牠前後顧盼，左右游移兩步，喵叫兩聲。雨越下越大，妳倚在門邊向牠叫喚，貓的尖角耳朵聳聳，是下定主意了。鎖定目標，前爪一攀，後腳一蹬，矯健軟潤的身軀一折，躍上陽台。

不忘佇於欄間，朝妳一瞥，定定的，眼神深邃。

才又飛身躍跳到屋外，沒入濕漉的雨勢中。

二——行與躍

辦雜誌

被捕前一天，陳瑜想起那本早已停刊的雜誌。

根據記者給予的地址，她和友人來到偏遠的工廠大廈樓下。要抵達這裡不易，還要撇掉跟蹤的車輛。自從收到通知，她總覺出入時有車輛停在附近。

工廠附近沒有地鐵站，只能在最近的車站下車，走幾條橫跨十字路口的天橋，上上落落，直至確認後方無人，才沿公路邊的狹小行人道下坡，繞進工業區，再上迴繞的斜路，越過一幢幢陳舊的建築，直至最頂端。

走來時，汗水已落滿頸背，女友人下班後的妝容甩去大半。

呼呼喘氣，女友人以面紙印下一塊塊褐黑的妝漬：「甚麼鳥不生蛋的鬼地方，從沒來過，香港還有這種陳舊矮寬的樓房。」

男友人在幾幢名字相近的大廈間找門號，嘲道：「這樣才當得起倉庫啊，誰還會看紙本雜誌——還看雜誌啦，應該跟這種八十年代的工業建築一併封印埋藏嘛。若干年後，孩子都不知甚麼是雜誌和工廠大廈了，可能還在博物館指著展品，拉爸媽衣角問這是甚麼來著。」

陳瑜說：「對啊，屆時可能還有個香港獨立展館，真正實踐獨立。」另外二人狠狠瞪她，想駁斥甚麼，卻又清楚她的境況，如今實在擁有消極悲觀的絕對權利。

晚上八、九時，天空整片暗沉下來。部分大廈已把車輛出入的鐵閘降下，僅留一扇小門供人出入，在排孔間漏出燈光。貨車隨意泊在路邊，幾個司機打著瞌睡，穿背心的工人要不坐在車廂，要不倚在門前吃飯盒、打紙牌、抽煙，大聲嚷嚷，兩、三句間總滲著髒話。

日常得像甚麼事都沒發生。

跨過閘口，保安員正凝神於平板電腦。三人若無其事走到大堂，未有被截問來意或要求登記資料。樓層指南顯示工廠大廈內開設的公司商家，除了貨倉，還有零嘴批發、照相沙龍、電子媒體辦公室、樂團排練室。

寸金尺土的城市，愛好娛樂興趣都被排擠到地域邊緣。

升降機空間偌大，門緩緩閤攏移動，二十三樓。靜默得只有抽風機呼呼的聲響，燈光微閃不定。女友人猶豫動搖，開了個頭：「我們確定真的要……」

男友人打斷道：「其實在這裡置張麻將檯，四人整天打牌，也可算行為藝術。」

陳瑜說：「只有三人，開不成檯。」

男友人本來順口就要說，加上阿清不就四人了嗎，即想起他身陷囹圄。話洩到嘴邊又咽下去，改口道：「那鬥地主好了，三人成行。」

陳瑜便笑：「鬥地主好，符合國情。」

「叮！」如烤爐加熱完成的聲響——二十三樓，到了。

關於到底要不要冒險潛進倉庫，偷一期印刷後但沒發行的雜誌這回事，陳瑜的朋友們幾乎一面倒反對。畢竟這事不問原由，僅是聽起來已有夠白癡——更不用說是被捕前決意要做的事，是嫌情況不夠糟糕要故意多多找死嗎？

陳瑜翻翻白眼，不知第幾次更正：「不是偷，是館內借閱好嗎？我沒打算把它帶出來、發布，或傳閱出去，只想讀讀內文好嗎？」

甚麼？不不不，這聽起來更白癡了，朋友們覺得這險冒得毫無意義。正常人失去自由前，不是該與重要的人共度、吃喜歡的料理、走逛懷念的舊地之類嗎。

聽說有人報到前，喝了一公升可樂。羈留所只有類近狗飼料的食物，便想在最後的時間，牢牢記住冰涼的黑泡液體滑在口腔，那刺激和甜得牙疼的滋味。

對於這些質疑，陳瑜只是搖搖頭：「你們不明白，你們不會明白的。」

※

接到來電時，陳瑜尚在地鐵站出口的攤位派發口罩。政府以疫情為故，把選舉押後一年。新聞、政治評論員、網紅、政論平台連珠發炮討論此事，悲觀的說這是威權時代來臨的號角，押後與取消無異，往後香港將再無選舉；主張尋求國際協助的學運領袖們紛紛轉載各地有關報導，呼籲各國關注及施壓；法律界人士則翻出律法，研究循司法覆核途徑，推翻決議。

網絡世界鬧哄哄亂成一片，「香港已死」、「民主最黑暗一天」，哀鴻遍野。

現實裡卻安靜如隔於真空瓶內。

近半年，社會氛圍壓抑，無日無之的壞消息、審判結果、友儕間的離別或失聯，使人怠倦麻木。連陳瑜的一眾組織同伴都提不起勁再喚起甚麼大眾關注、眾志成城，哪怕偶爾開攤位，提甚麼議題都得左顧右盼，擔憂談甚麼都可能被以言入罪，更遑論民眾對於青年於街頭賣力呼召的動員，已再無同理或共情，掂行掂過。

心如槁木。

獨陳瑜卻似曾燒得劈哩啪啦通紅灼燙的炭木餘燼，要以終末零碎閃耀的火花盛綻，無比積極。整個夏天，她都投入到組織的宣傳行動，彷彿能從甚麼逃開，復又墜入更深的坑窪中。

於是，選舉沒有了，可做之事沒有了，躲藏的兔子洞也沒有了，像癮君子驀然醒來回歸現實的虛無。怎麼辦？只好為自己再挖一個新的兔子洞埋藏起來，連最後一捐掩臉的泥也自己替自己撫抹密實——

她提議，人們對像單張般虛薄的議題、口號沒意欲，那就改為實際可感的東西——派口罩、酒精消毒液，裝小包，附上議題資料，吸引途人。

果然，一開派，攤位即人潮如川——提公事包的白領、耳塞藍芽耳機的搬運工人、手挽籐籃的主婦，紛紛來取，擠哄哄聚於幾塊釘滿議題資料的布告板前，更甚者排完又排。人頭湧湧，鬧嚷嚷。

遠看要錯以為新一波公民覺醒，激烈討論。陳瑜竊喜，這一招果然奏效，還不是從前跟阿清學的。

同伴們自然不忍告訴她，就在攤位直走轉角的垃圾筒旁，堆滿了被拆封後的包裝袋和單張，皺成一團，似來不及開的花苞，堆作小丘。

防疫用品派光後，小小攤位像個乏人問津的馬戲團，遮光的布幕破洞，刺目的陽光如一柱閃擊，貫戳攤內。

電話響起，陳瑜起初聽得一頭霧水，疑是詐騙電話，畢竟話語過於含糊。

「明天中午，來警署一趟，有一宗相關案件想請妳協助調查。」對方陳明所屬部門、分局，以及相關案件的日期，卻拒絕透露任何案情或罪名，並叫她記下報到時間和地址。

那日期距今，已近一年半。

「這是預約被捕嗎？還是約談？我犯了甚麼事嗎？」

「見面再講。」

「會需時很久嗎？我明天要上班，能否改後天？」陳瑜冷靜下來，想為自己爭取些時間。

「工作不能請假嗎？」電話另一邊的聲音稍遠，似乎跟誰問了甚麼，又回來：「不行。一定得是明天。」

「那你起碼告訴我是否會落案起訴？還是調查？我是甚麼身分？」

「見面再講。」對方木然重覆，並在結束通話前補上一句：「你自己做過甚麼，你自己清楚。」

想來，這預約拘捕跟詐騙電話操作也類近，把話講得模稜兩可，含混寬廣像圈套，時而曖昧，時而強硬，讓人在惴想失方寸，跳入局裡，便是上鉤。

陳瑜竭力根據那日期回憶當天發生過的事，但距今已超過近六百天，記憶不可靠；而近年為怕監控，她盡量不留任何電子足跡及對話紀錄，因而科技也無從協助——等等，該追溯的不是她幹了甚麼事，而是她是怎樣被找上的？傳媒鏡頭？附近監視器？有認識的人被捕，把她供出——等等，也有可能，這是聲東擊西，她跟這日子根本無關，只是個幌子，為了讓她放下戒心，實質牽連的是其他事情，只待報到時才加控罪行——他們到底掌握了多少？

——抑或，那事，終究查到她了？

恐懼像一陣風，含糊而未知的唬弄如扇葉，在所有人心裡刮成沙塵暴。

《國安法》通過後，沒人知道做甚麼事、說甚麼話會犯禁。哪怕轉發一則新聞、寫過幾個字眼，都可能被控危害國家安全。

不過，若誰以為通過後，社會將發生甚麼行動，或就其行動規模大小開過賭局的話，抱歉大概要輸得連內褲也脫下賠上——這話不太對——如把網絡虛擬世界也算作半個社會的話，那麼此起彼落的謾罵留言、政客們的論述文章，以及數以千計的一鍵「轉載」以示關注、贖罪，或許能讓那賭仔贏回一身平整的衣裳。但也就僅此而已。

僅此而已。

人們如常上班、消費、逛街，吃喝拉撒睡，週末泡精緻的咖啡館打卡修圖上載騙點讚，轉發些兩地局勢及誰人被捕的新聞。當然也只能如此，不然能做甚麼？陳瑜偶爾也會讀到一些練習氣功及心靈療法的朋友分享調息身體、情緒和狀態的方法，大概是「好氣好氣喔，但仍要保持身心健康」之類。

更悶的是，連近來阿清寄給她的信，寫來都心境平和，恍然出世。當年曾不羈傲慢的少年，與其他立場的中老世代在囚者竟會來個大和解，在字裡行間叫她別讓憤怒和憂慮填滿，偏見往往是堵住溝通的最大障礙。

「其實，我們都是受傷的共同體。」

打從前起，阿清總跑得比她快、比她前。中學時她還是懵懂的乖乖牌，他已在致力辦雜誌，讓同學關注社會；她還在大學念書，他已辦起青年文化組織；她終於參與運動，他已被捕、在囚、候審。

現在，他在路途前方朝正苦苦追趕的陳瑜說，下一站，是保持柔軟。闊長的時差。

陳瑜佇在布幕破洞處，陽光幼得像筆杆鑽來，耀亮得要半半瞇眼，還能看到柱中縈繞的光塵，如蜉蝣生物，一彎一張。她有點暈眩，不知是熱得昏昏沉沉，還是尚未消化這通電話，身體空空的，談不上恐懼或憂心，腦細胞也似光塵中的小生物般，浮來浮去。

對上一次，會這般空蕩蕩，是記者來電致歉，告知雜誌將要停刊的事。

那是一本老字號的專題式雙月刊雜誌，高舉知性，每期環繞一個社會議題，多與進步價值有關，如性別、素食、動物權益、環保、民主等，以具有知識和經濟背景的溫和中產為讀者群。每期訪問相關主題的團體或人物，夾有書籍簡介、社論、理論分析，輔以照片和插畫，讀來顯淺易懂，多年來訂閱穩定，老少咸宜，幾乎每年皆被中小學或本地圖書館選為必讀刊物。據說成立雜誌的工作機構具宗教背景，編採觀點上比較規行而正經。

健康安全得像沙律菜盤，清新、易入口、富營養，穩當無害。這是阿清的評價。

他笑說，實在是一本四平八穩，沒有個性得來，又非常安全的刊物。難怪立場保守如他們中學也願意訂閱；相反，陳瑜卻十分喜歡，覺得這就是一本雜誌應有的模樣：不強硬、多元、不乏深度和娛樂性，欄目豐富，讀來引發思考。

彼時阿清嗤笑一聲，不願置評。

或許那時便應知道，二人的距離。他激進急切，狂風掃落葉般往前奔，她總要叩叩碰碰，摔過幾個狗吃屎才懂得路要怎樣走，又怕疼，想繞路走，磨磨蹭蹭；阿清卻已學會騎摩托車，馬達轟轟，一往無前朝終點衝去，哪怕粉身碎骨。

他做的事，莫不在說：看好了，我只示範一次。

※

升中五那年暑假，負責學生報編採的顧問老師找上陳瑜，問她可有興趣擔任來年編輯。

陳瑜有點錯愕，她不是文科學生，修商科和物理，向來少看雜誌，就是看也是著眼插畫、配圖多於內容，對辦刊物沒甚麼想法。而且，平常不是由學生自行籌組內閣，參與競選，再由同學投票通過與否嗎？

怎麼竟成了上位欽點？

顧問老師是歷史科江老師，曾教過她中國歷史，是個黝黑和藹的老胖子，頭頂光滑，像尊笑面佛。上課時插科打諢，隨便挑幾個老生常談的歷史故事重覆說，直至下課。據說再過兩年便退休。

原來他收到消息，文科班有個黎清，已磨拳擦掌，大張旗鼓打算參選。其政綱是，一抹以往學生報風花雪月、優悠輕鬆的路線，不再訪問新入職教師或傑出校友，分享學習心得；或介紹該年校內活動、刊幾篇同學們假期參與遊學團的感想得著。

他希望大革新，先把一年兩期拓展至四期，每期設深度專題部分，包含訪問、引介、論述，並點出一些社會議題的正反兩論及延伸閱讀等；自由部分則開放版面供同學投稿，更接受連載、影評、政論等。

這黎清似乎行動力頗高，七月多已開始張羅此事，內閣成員都是文科班尖子和辯論隊成員，聽說本人還有在外修一些民間政治理論課程。江老師還有兩年退休，倒是怕了，還知道黎清去年九月曾缺課一段時期，原來去了參加雨傘運動。

這麼一個孩子來辦學生報，若弄個翻天覆地，必定會讓愛吃肥膩的江老師，那顆可憐而膽固醇過高的胖心臟承受不了。

但一切已進行得如火如荼，箭在弦上，若果此時出手干預，只會惹來更激烈反響，一個不小心更可能激發甚麼校內運動。江老師遂心生一計，私下找來幾個相熟乖巧而可信任的學生，談攏後再推薦加入黎清的內閣。這黎清雖積極有魄力，終究是個學生，面對顧問老師盛情，自然難卻。幾個乖巧的學生他日共同議事，一旦遇上黎清有甚麼大膽出奇的主意，也能行個制衡作用。

陳瑜雖乖，卻不是笨人，瞥清江老師這棋局布置後，不由得暗歎此人不愧是教歷史的。甚麼權謀制衡、用人之道統統現學現賣。

他說：「陳瑜，妳也清楚，求學時期自然應專注學業。我實在擔心有人以辦報為名，把政治帶進校園為實，影響學弟妹。妳做事向來有交帶[6]，跟文科班的同學做事，也是好的。必要時一同討論，拿捏分寸，更好。」

一番話說來誠懇溫淡，直聽得她張口結舌，心裡吐槽，江老師你才政治吧，你全家都政治啦。

話雖如此，陳瑜與幾個溫順女生畢竟是聽話的好學生，依言加入內閣。她自問沒擔任編輯的能力，倒因為喜歡畫畫，最後佔了個出版及設計職位來當。

首次見面，跟前的男生個子頗高，劉海微長，二人握手。她握過他的掌莢，端詳半晌，此人手好大，汗有點多，牙看起來頗黃，是平常沒有好好刷牙嗎。她還不知道他好早開始抽煙，更不知道，這一加入，翻天覆地改變的不只是該年的學生報，還有她的人生。

黎清是個好玩的領袖，在編務小組裡，提出大家不曾想過的看法。他會問

6. 交帶：責任心。

很多問題，讓大家回應、討論，實則引導指向某個核心概念。每月組織聚會，跟成員在外面參加社區導賞團、去有機農場、聽講座，又常在課後佔個課室，辦讀書和電影會，文史哲皆有，精彩一點的有《美麗新世界》、《笑忘書》；嚴肅沉悶一點的有《人的條件》、小川紳介。大家嘖嘖稱奇，怎麼黎清懂這麼多。

原來，他有個上大學的姊姊，典型進步青年，熱衷這些活動。他現學現賣，轉到編輯部，想「啟蒙」大家。

他說姊姊從前念港島的教會女校，比他們學校再保守十倍，她又不是聽話的乖乖牌，日子不好過，很早就懂得自己找體制外的樂子。他耳濡目染，也生出興趣。

近幾年，姊弟一同參與過好幾場社會運動。

在此以前，陳瑜最喜歡的電影導演是伍迪・艾倫、最喜歡的作家是龍應台，這二人在當時的友儕間已被認為頗有品味的選擇。但跟黎清混久了，發覺「最喜歡」這種堅定不移的說法，好像有點幼稚。

不同時間看的讀的，視野、想法、念頭都不一樣，慢慢明白，作品跟觀讀者的關係，有時更像頻率接收，隨環境、經歷、狀態而有所增減。少時讀來激狂崇拜的對象，多是沉溺暴烈如自身，也許經年後重讀，已覺調味料過多，太濃了。

陳瑜意識到這道理，可應用到生命任一部分時，有點怕。

黎清像穿著西裝，手持懷錶的兔先生，起初她只覺好奇，隨他跳進兔子洞，越走越深越走越遠，看到各種新奇特別的物事——不如《愛麗絲夢遊仙境》般絢麗璀璨，有時沉重壓抑，有時不公憤慨，但她卻因而懂了，形形式式，再走不回原來的嫻靜生活。

事實上，這洞還是個獅子口。

自然不是人人皆如陳瑜般願意被衝擊，尤其黎清也不是易擺弄的。共事越久，她發現黎清就像個鐘擺，自信風趣只是良善的一端，另一端，懸著暴躁獨裁的惡性子。有時聚會上，當其他人沒意見，或沒提出他理想的方向時，黎清會發脾氣，語氣尖銳，嘲諷大家對世界不夠關心，不夠熱切反抗，被體制圈養，活得模稜兩可。

那說法，好像所有人，都是他的敵人。

一個江老師推薦的乖巧女生被嚇哭了，翌日遞來退社申請；這好比一次篩檢的分水嶺，能耐得住黎清的，包括陳瑜，留下來，繼續工作；受不住的，要不直接退社，要不自我邊緣，只出席常務會議，與其他成員鮮有交集。

有一次，黎清在組內相約大家週末去看展覽。陳瑜第一個和應，孰料其他委員皆說沒興趣或有事要忙，統計半天後竟只有他們二人，只得硬著頭皮赴會。

從博物館出來，二人走往車站的路上，有點尷尬，陳瑜隨口問道：「你怎會想辦雜誌呢？你懂得這麼多，又想做改變的話，應該競選學生會才是。」

黎清忽地蹲下，她以為是鞋帶鬆垮，卻見他以指輕敲一隻橫在路中央爬行的蝸牛殼，待軟糯的肉自地面鬆開，便整殼夾起放到路邊草叢。

陳瑜定睛，黎清自顧自解釋：「如果貿然扯起硬殼，可能會拉傷軟肉。通常我都先敲殼，待牠縮起來，再移動。」

黎清這人，自信笑起來時，牙齒好黃；兇起來時，像惡鬼；但此時，又會溫潤得生怕傷了一隻蝸牛。

「你知道唐滌生嗎？」他隨便找塊落葉拭手，猝不及防問她。

陳瑜搖搖頭。

「寫落花滿天閉月光那個。」

「噢噢，我知道，粵劇，我外婆很喜歡聽。」

「他說過，有錢人買賣股票、黃金，甚至世界大事，都是過眼雲煙。再過幾十年，沒人會記得。但好的劇本，哪怕是五十、一百年，仍會有人欣賞。即使作者死了，他的名字和作品，大家都會記得，這是文章有價。」

一番話煽情而不失感動，如經典台詞般緊緊擄住陳瑜和黎清的心。

直至很久以後，陳瑜才知道，這是個美麗的誤會，說這話的人，是《南海十三郎》劇本中的唐滌生。支撐他們一路走來的信念，實則是一段對白，為了觀眾、反響而被創造出來。

「你喜歡寫文章？喜歡作文？」但那刻，對十七歲的陳瑜來說，僅僅是，書寫即作文，中文課教授她的概念。

「我喜歡寫作。」他拋出另一個指稱：「我相信，留有痕跡的字，能感染和改變更多人。我信，我真的信，文字可以影響人。」

譬如幾年後，他將要因自己的字而失去自由。

黎清說得快，有種笨拙坦誠的窘迫，連帶聽的陳瑜也緊張。

他走到附近垃圾筒旁抽煙。她遠遠偷窺，便見他呼出白煙，直直如柱，復又散開，如霧。盯著盯著，竟不經意接上他的視線，臉上一紅，別過頭來，像個做壞事被戳破的孩子。

後來她才知道，那次是委員老早瞧出貓膩，特地湊出機會，合力當個人口販子，把她賣了。

※

說回來，辦雜誌這事，別看黎清這麼精英，也吃了些癟。

根據政綱，他們任內會出版四期刊物。黎清一開始就雄心壯志，打算分設幾個版面，時事、國際、本地、學術、文藝，做左翼理論引介、工人權益、國際示威運動，再刊些文學投稿之類，想頭很大。他第一次提出時，大家目瞪口呆。

黎清的中文老師是社團另一位顧問老師，跟黎清熟稔，坦白告訴他這不可能，小小的中學，人力物力資源不可能達到這規模。黎清不依，偏執要分工，讓大家依題搜集資料寫稿，盡力而為。

眾人表現自然差強人意，黎清遂一人攬下所有稿子，修訂，校對，送印，以為有所把關，質量保證，必受注目。

結果第一期校刊，放在每班簿架上，厚重一疊，無人取閱。到月底，校工悉數丟入廢紙回收箱內，據說江老師跟幾個看黎清不順眼的同事在茶水間大嚼舌根，笑聲如雷。

「不是這樣做的。」沒人敢跟黎清說實話，除了中文老師。「你想改變世界，但世界想不想被你改變？更何況，你這麼粗暴、只顧自己，誰要聽你的？辦雜誌，不是逼切要說自己的話。你有沒有想過，對方需要甚麼話？你又可以怎樣說？」

老師年輕時似乎是個文藝青年，出過書，曾是文藝雜誌刊稿的常客，據說也認識他姊，在黎清心目中頗有分量。

還是該還原基本步，一行人把圖書館館藏雜誌統統翻閱一遍，重新擬定編採方針、稿題分配、選稿準則、排版設計。

中文老師推薦那本健康沙拉菜盤。黎清本是不屑一顧，又提起手認真再翻，拋給陳瑜：「再說一次，你喜歡它甚麼？」

陳瑜嘗試用否定加形容詞描述，再以問號作結，讓它顯得含糊一點：「嗯……不會咄咄逼人？」

第二期，黎清不再貪心，專注單一主題。開會時，陳瑜朝他肩上伸手，他拂開叫她別鬧了，陳瑜沒好氣說，誰要弄你，你看看自己肩膀。

原來拈上花瓣。

準是校門那棵樹飄落的，出入時，染了一身粉紅。遍地如春泥的瓣，像紙片乾薄。搜尋下來，這是勒杜鵑。他心頭一熱，不如就做校園樹木，選幾種香港校園常見的植物，探討背景歷史身世，還能徵稿，邀請同學寫寫自己跟樹的關係——選上的送禮券。

終於是跟大家相關的主題，生活化又有趣，做來滿滿幹勁。他們分組調查幾種植物，黎清近水樓台，私心選了鳳凰木，陳瑜跟他到姊姊母校訪問。

走進校園，第一次遠眺林道兩岸寬大的樹冠，陳瑜要以為，燒起來了。因為這錯覺，致使幾年後，當城市裡另一所校園確實在大火中燒得轟烈悲壯時，陳瑜反以為，那是一篷篷盛極怒放的紅花。

火光灼灼，猩紅烈焰，簇簇縷縷，要把入眼處都薰染燃盡。

「如果焦距模糊，遠看真的好像失火，是不是？其實不只有我們誤會，鳳凰木的英文名是 Flame of the forest，據說當年航海家在船上望見它時，也以為森林大火，燒光整個島。後來發現後，便為它改了這名字。」

黎清姊姊，叫明微，覺得全名黎明微好尷尬，總被人以「黎明」二字調侃，便讓陳瑜喚她明微。她相當健談，自動如百科全書般講述鳳凰木身世。

「不是說香港就是移民之地嗎，它也是一分子，鳳凰木本來是非洲某個小島上獨有的樹。大航海時代，法國人發現了它，把它移植去歐洲。到了十九世紀，英國人又把它從歐洲移到香港，沒想到跨越大半個地球，仍能落地生根，長得好好。」

他們走近樹下，細望樹貌。分枝平展，一層層，像巨型盆景。落花呢，四紅瓣如湯匙泛翹弓身，拱襯最上方獨一片紅白斑點相滲的瓣，如孔雀魚的鰭。

這是渡海而來的樹，好夢幻。

陳瑜負責整理鳳凰木在港的古今生長地遷移，思前想後，整理成這段：

「鳳凰木在一九〇八年由英政府首度引入至香港，先後種植於青山道，沿新界東地區，種至沙田、粉嶺至大埔墟。由於殖民地時期的香港還有跟原生地類近的條件，有水源和大片生長空間，而鳳凰木是水平生長，根要張得開闊，才能深入地下，使莖幹堅粗，得以承托樹冠，故一直繁殖得宜，成為當時常見的行道樹之一。

但隨著香港經濟發展及人口密度上升，現在鳳凰木難以在城市內栽為行道樹，空間狹小會導致植物缺氧，營養不良，幾年前更曾發生塌樹事故。因此，現時香港鳳凰木多見於新界、公園、郊野、公共屋村及校園內等。」

那期封面由陳瑜繪製，她想，若果鳳凰木有天長了翅膀，會飛到東方還是西方？還是會留在這裡，跟獅子山聊天？於是她畫成漫天紅花開，錦團匯成一隻只有背影的紅鳥，遠遠朝高山飛去。

黎清笑她，這是畫成了憤怒鳥，那隻紅色圓滾小鳥。

日子自此順遂，直至暑假前出版的最後一期。

由江老師欽點的幾個學生，要不退社，要不對編務漫不經心，更甚者出了陳瑜這倒戈相向的「叛徒」，竟與黎清交往。原來的如意算盤打不響，只得自己動手。

事源是，暑假前，也是任內最後一期，黎清看前兩期效果不俗，打算策畫一個「甚麼是民主社會」的專題。版面、分題已分配好，共六頁，一頁引言；兩頁淺談年前的「雨傘運動」始末與時序；兩頁專訪學運及社運代表各一；一頁簡介世界各地的民主制度作結。

明明開會時，江老師也曾列席首肯，於是大家分工編排，各自忙碌，那兩頁運動始末，便分予陳瑜和黎清。二人讀了大量報刊、社論、書籍，熬了幾晚通宵，苦苦思索如何以不偏頗、不煽情而客觀視角放入資料，理清時序，小心翼翼，就怕當局者迷。

結果，明明一直相安無事，竟到了付梓前日，江老師才匆匆通知他們，有關「雨傘運動」，由於題材敏感，需抽起不刊，不可付印。

社員一愣，甚麼？自我審查、過濾、屏蔽等事，沒想過會於香港發生，更何況是學校校園，這是要開天窗嗎？

消息發下來時，黎清氣得全身發抖，課後拉著陳瑜去教員室按對講機，連連呼喊江老師三次，仍避而不見。到後來要驚動中文老師，特意親自商請，才得見本人。

江老師笑起來時，兩眼像月牙，彎彎的。哪裡是笑面佛，笑面虎才對，吃人不吐骨。

陳瑜第一次意識到，不義不公的形狀質感，並不尖硬刺挫，反而綿綿軟軟，甚至是液態，教人戳不中、撈不著。

黎清冷靜抿嘴，問江老師，如何定義「敏感」，若是某處用字不慎，只需提點指出，讓他們修正就好，何需特意抽起呢，若非這是政治……

「審查」二字尚未出口，江老師便堵他的話：「黎清，你向來聰明，怎麼咄咄逼人呢？你知道，觀感這回事，很難解釋的。」但黎清像個機器人，從書包拿出列印本，佇在門外一遍遍重複問題。

江老師笑得像個紳士，禮貌堅定：「這是定案了。回去吧。」

黎清忽倏聲音一啞，就要哽咽。陳瑜驚愕，瞥向他。他攥緊手中印稿，一個箭步跑掉，連書包都沒提。他這麼驕傲，無法容忍自己脆弱、不好看的一面被發現。

這是陳瑜第一次沒有，或曰無法追上黎清。

那期學生報，以印刷出兩頁雪白白的「天窗」告終。事後黎清把事情始末寫了個長文交代，放在社交媒體，獲數以百計校友及同學點讚轉發，包括中文老師——可那又能怎樣呢。

江老師仍是舒舒順順待到退休，學校還為他辦了場體面豐盛的敬師宴——

那些曾點讚轉發黎清帖子的同學和校友，依樣出席，絡繹不絕。

那時陳瑜不知道，她第二次無法追上黎清，是他被捕的那個清晨。

他坐上警車，她只能從街上追出去，與其他旁觀者被驅逐。像那些在車站送別故人的場景，不論如何聲嘶力竭、汗流浹背，仍無法傳遞到封閉的內部。車開了，留下來的人只可佇在原地，無法追上。

※

雜誌記者找上他們時，黎清尚未被捕。

記者私訊黎清主理的專頁，打算訪問從事過與運動文宣相關的創作人。編輯部讀過專頁連載的繪本，以動物為主角的寓言故事，黑白分明，以兒童為讀者群，用色鮮豔。近來頗有人氣，更出版紙本及錄製成生動的有聲書。

對方表示，新一期專題希望以「創作者」為對象，探討看似無用的藝術可如何介入運動及抗爭——自然，除了「功能化」的文宣外，也會談到以圖像記錄創傷、痛苦的過程中，藝術作為療癒及轉化的作用。

專題名字是〈畫筆的聲音〉。

訪問當天，他們在一幢舊式工業大廈內改建的餐廳會面。黎清跟記者談攏，刊出時要用化名，照片也不可拍到陳瑜，畢竟外界以為專頁只有一人主理。

起初是陳瑜簡述背景：運動發生時，二人還有一年就大學畢業，黎清念中文，專注寫作；她修設計，愛畫些插圖和漫畫。起初合作做文宣，半年後，疫情癱瘓城市，運動戛然而止，別說集會，連外出都難。

由此想到，要不溫和一點，從兒童教育做起，旨在帶出孩子也能明白的反抗道理，如埋栽種子。

後來變成黎清多講，陳瑜和記者靜靜聆聽。

陽光從窗外照入餐桌，映得桌布半白半暗。彷彿回到中五那些課後開會的時光，黎清有時買來樽仔奶茶犒賞大家。陳瑜靠在窗邊，玻璃瓶子被喝光最後一滴褐色液體後，變得透明剔透。她把它湊貼眼畔，看陽光在迴面的玻璃裡流動，好涼快。

談到尾聲，黎清說：「我想自首。」

「甚麼？」記者嚇了一跳。

「我從前，曾取笑過你們雜誌，像沙拉菜盤健康，」他聲線漸渺：「而且乏味。」

記者哈哈大笑：「這算普通啦，至少證明你有看嘛。近年更多人說，碎片化的閱讀時代，紙本雜誌就該被淘汰掉。現在人人捧著手機，誰還會看字，看字的誰還會看雜誌？靠一期紙本訂閱，也賺不過網絡頻道訂閱，印這麼多，傳播率又不夠高，實在浪費地球資源。這些，我們聽很多啦。」

紙本雜誌這種充滿時效的存在，在資訊爆炸時代的激流中，還會有人緊緊執在手裡，不放開，不輕言揚棄與遺忘，而張開所有感官，記認每期獨特而微渺的專題嗎？

記者又問：「為甚麼現在自動投案呢？」

黎清說：「退潮時，才會知道誰沒穿褲子。」

近半年，全港圖書館、校園把雜誌下架，有家長團體發起退訂及罷買行動。

記者的笑意稍減：「你們有沒有聽過一個工會主席說過，他從來沒有站出來，只是曾經在相近位置的人不斷後退，才顯得他尷尬地突顯於原來的處位。我想，我們雜誌也是一樣的，改變的不是我們。」

完結後，記者想拍一張不露面的照片，陳瑜突然提出，她想一起拍。

兩個人在天台，眺望遠處山巒。大廈林立，依山處有小小的海溝。

黎清說，屌，原來呢度真係好靚。

（幹，原來這裡真的好美。）

他們最終未有讀到報導，自然不知照片照得怎樣。

半個月後《國安法》通過了，黎清在清晨被捕，直接還押，不得保釋，控罪為「串謀刊印、發布、分發、展示或複製煽動刊物」。

有時去看黎清，他若無其事問起，雜誌出版了嗎，寫得如何，出版了要帶給我。

※

陳瑜一直敷衍。記者來電說，《國安法》通過，雜誌內部商討後，為保障相關人士，決定停止最新一期雜誌出版，同時暫停下一期雜誌製作。

記者強調，毋關任何壓力，是界線太模糊。他們不願，也不能冒險，讓任何一個參與者只因在雜誌上曾曝光而被捕或受牽連。

「我們不能夠。」說到盡處，記者已幾近哭腔。

陳瑜明白，陳瑜都明白，大家都明白，怎會不明白呢？但他不明白。那個驕傲純稚的青年，要怎樣讓他明白。他求的，只是一本自己曾嘲諷過於保守安全的紙本雜誌，順利出版。

《笑忘書》中的米瑞克在被祕密警察跟蹤下，心心念念的竟不是先處理與朋友間的文件，而是剎有介事尋訪初戀芝丹娜，只為從她手裡要回年幼時寫過的書信。

陳瑜中學讀來，覺得這人怎地這般偏執，傻子一個，主次不分，應趕緊逃亡啊。（對當時被影視文化洗腦的她來說，「逃亡」是一件多麼輕而易舉的事。）大學再讀時，開始明白那些初戀與信不過是象徵，米瑞克真正想要扼殺的，是他那愚蠢地曾迷戀芝丹娜與抱擁共產主義的少年時代，那是青澀而可笑的過去，他必須抹殺掉。

一個人，在將要失去自由，甚至死亡前，他必須先捍衛其微不足道而深切的價值，有時是尊嚴，有時是記憶，有時是遺憾，有時是恥辱。

現在，陳瑜終於明瞭。

記者說過，雜誌沒有發行出版，也沒有銷毀，只是不能發布，擱在倉庫，未有外洩。陳瑜苦苦向記者央求地址，再三保證絕不會帶走或傳播。記者起初猶豫，提議發送電子排版檔案，何必冒如此風險。

但陳瑜偏執，她要讀的，是紙本雜誌，是可執在掌心翻閱之物。是真實的。雜誌的設計、開本、裝幀，用紙輕重、紋理、透實、厚薄、色調，都能以指腹一一掂摸感知，索吸頁間墨水的味道。

它存在。

她要以其此身，每個毛孔，辨認它。她最後的堅持。

記者歎息，發給她地址和倉庫密碼。

二十三樓，三人順著門號找，同層多是文書設計、印刷廠等公司。倉庫在大堂轉右的一條通道盡頭，彼端是另一家印刷廠，寬長的走廊堆著一台台手推車，放滿形形式式的印刷品，書、海報、雜誌、小冊子、傳單，材質不一，泛著紙墨混集的杏仁味。

中五那年，陳瑜和黎清跟著中文老師第一次來到印刷廠看試印，確認色調。機輪轉動，一頁頁紙上下快速翻移，即染上字與色彩。老師取下一頁封面樣本，大如等身，要她和黎清各執兩端才不致落地。老師說這就是紙本印刷品的原初，接下還需加工、裁開本、裝訂，才變成一本可讀的書刊。

那時她和黎清以指腹摩挲粗糙而帶毛粒的表面，紙身尚冒著機身透來的微溫，幾乎燙手。

陳瑜站在倉庫前，在再次確認門口密碼，指尖已觸上數字鍵之際，腳步聲自身後傳來，繁雜，急促，沉墜，緊接是喝令，人聲漸壯，一行近十多個軍裝警員奔來，神情凶狠緊張，彷彿跟前三人是持械的悍匪惡徒。

終究差了一點，黎清等不到，她也來不及。

陳瑜和友人們在咔嚓咔嚓的閃光燈下，被塞進警車後座。從工廠大廈駛出，繞過山路、天橋和商場，終於上了公路時，陳瑜俯望道下一個不大的休憩公園，在昏黃的燈光中，竟火紅一片。

大學被圍城後，抗爭者為阻止警方攻入校園，以火為屏障，把路障、雜物，附近拾得的紙和柴木皆堆疊於校門前的紅色階磚上，再不斷點燃並投擲燃燒瓶於其中，於是校園階磚燃起，火光灼灼，被圍困者身穿黑衣，退於高處，默望烈焰，影子被光投在牆上，彷彿一同焚燒。

「學校怎會失火，怎麼會呢？」明微說起校園的鳳凰木開得像森林之火時，黎清打趣說過。

無論如何都無法得到的東西，想像好了，只有想像，想像是任何人都無法褫奪的，這是她最大武器。陳瑜閉上眼，拚命想像若由她握起畫筆，畫一幅畫，構圖要怎樣？

如果一切都不是這樣？

鮮紅簇擁的花絮，紛紛嫩嫩漫布梯階。落英繽紛，本來映照倒影的牆變成高樹，蹲於其上的都是賞花路人。畢業季節，校園內圍聚穿沉黑畢業袍的莘莘學子，他們年輕，對前程懵懂且憧憬，抱著卷攏的證書與親友倚在鳳凰木下合照，笑靨如花。

如果，她可以，畫一幅好靚好靚的畫。

寫生團

年末，寒氣濕冷像層沾水的紗帳，籠得人無法離開。然而待在原地也不踏實，房間光度不足，物件和家具只靠窗戶縫隙照得的微弱晨光，拋磨出隱約輪廓，影影綽綽。一醒來，竟無從掂量空間維度比例。采潔踩下地板，足底潮滑，她想，得向房東商借除濕機。

「臺灣的冬天像條濕毛巾，香港的冬天像張粗砂紙。」幾天前她去機場接外甥女，二人坐計程車到市區，途中雨霏霏落下。外甥女冒出一句，怪文藝腔。姊姊跟采潔提過，小兒子當過學生報總編，兩姊弟大學時辦過文學組織，是文人。家人笑說，姊姊夫妻是醫護，孩子喜歡寫字，豈不文理雙全？哎，采潔，妳瞧瞧妳姊，就叫妳學學她，在香港找個好對象，卻偏要嫁個臺灣老公，當年就不該讓妳去念書……

「哈，較喜歡哪邊的冬天？」這些年采潔回港的日子不多，跟兩個外甥——該說在港家人比較生份，然而職業習慣使然，她仍勉力開展對話。

「兩邊也沒多好，都讓人不舒暢。」

真挑剔，果然是年輕人。

采潔趕上高鐵。若非這兩天得留在臺北照看外甥女，她是說甚麼都要早一晚先下榻，省得大清早趕到臺中。在盈滿包子、鍋貼、蛋餅等餐食氣味的車廂中，難以補眠，只好翻出文件確認。這團的機票早去晚回，多搶一天行程，賺到盡。當初看排程，香港遊學寫生團，由畫家帶領學生和家長遊山玩水畫風景，聽來已知是豬頭骨，難伺候，又無甚油水。

到了車站，會合司機大哥，是沉默不多話的男子。采潔暗暗慶幸，最怕那些滿口檳榔又嗓門大的阿伯，有時態度強硬，不依原定路線開，還倒過來要指點江山，這種最麻煩。

她捂到口袋裡兩個饅頭，都冷了。

昨晚女兒載外甥女去大學校園，說是介紹港生們認識。采潔舒一口氣，畢竟廿多歲女孩的心思，距離她是太遠了，難道還帶她去吃鼎泰豐、上一〇一看夜景、逛士林夜市麼？分別前，女兒輕淡提了句：「妳呢，妳那邊處理得怎樣？」

她眉一皺，這是甚麼話？說得是采潔一人的事，難道跟她無關？女兒成年後，獨自住大學宿舍，說話時有種疏隔的客套，彷彿只在描述旁人狀況，與己無關。連假時，以為她要回丈夫那邊老家，沒想到主動說來自己那邊待幾天。采潔這邊廂還在感動，那邊廂已曉得她窺準自己連假要帶團，留她空屋與友人狂歡，免租房子，多便利。

想最初開始分居時，女兒的回應是：「沒關係啦，我都ＯＫ。用不著顧全我甚麼的。別影響我的學貸就行了，哈。」當時以為是貼心的調侃，現在卻不知孰真孰假。

晚上給丈夫撥打電話，一如早前發過的訊息，沒應答，彷如一堵牆。她面對留言信箱裡空廣的靜默，想發怒，最後化成歎息，何必這樣，我以為可以好來好去。

好好的，面對問題，給一個交代，有這麼難嗎？

一個家長在大巴上說。

接機大堂，采潔和司機高舉紙牌，明明同一班機的其他團都陸續離開，怎麼她那團特別慢？根據要求，他們要在上午到達高美濕地，不然便趕不上中午訂好的團菜。

好半晌，大人與孩子們陸續出來，臉色不善，原來有家長取行李時發現箱子破裂，嚷嚷要投訴，卻不知應是航空公司、搬運工人還是地勤人員誰來負責，眾人面面相覷，彼此推卸，就是無人承擔面對。當事人愁著臉把破箱搬上車，一路上好大脾氣，隱隱發作。

為了打破僵局，采潔拋出今天第一個笑話：「前幾天有個香港團友買完東西，跟店員說給他一個『交代』。對方很緊張，怕是貨物或服務上有甚麼問題。半天才發現，原來香港人要的是個『膠袋』，即臺灣一個兩元的『塑膠袋』，真是雞同鴨講。」

遊覽車行進，車廂內勢力分明：前排是幾個年輕的領隊老師和主任；家長與孩子兩兩並坐中間，後列一群衣著光鮮的女子，殷勤圍繞角落一個寡言的老婦人，大概就是畫家及其弟子——僅她們寥寥幾人發出零碎訕笑。

采潔約略抓些關鍵字，香港人、中產、親子、有點文化、女性居多。

噢。首個笑話似乎沒中靶心，頂多擦邊。好，甩出彈殼，再上膛。諧音類的不行，試試種族？文化差異？性別？不，女人多——那就乾脆嘲諷男人——最糟是政治話題自上月起被禁止了，不然面對這團，最奏效。香港人嘛，特別是恃著有點文化資本的中產，最勢利也最百無禁忌，沒甚麼不能開玩笑，表面嚴肅，實則越地獄越沒同理心的越受落，假正經。

采潔認為，當一個稱職的導遊跟當香港人沒甚麼兩樣，與各式各樣的人說混話，試圖在其身上榨出帶有蠢蛋味道的錢，萃取標籤，填滿欲望，保持距離，鑒貌辨色——更重要懂得，在口袋裡養滿各類笑話，按時抛出，投其所好——這不容易，物色篩選適合的笑話，是一門學問，曉得演繹則是另一門，膽敢說出是再一門了，而一切都必須建基於——敢於冒犯，這是一種民族性。

※

「中國領導人、美國總統和蘇聯主席在香港散步，遇上一個母親在追一個不聽話的孩子。領導人說咱們幫幫這可憐的婦人兒吧，看誰能把那個孩子叫回來。

美國總統先喊：『孩子，你回來，我給你自由和民主。』孩子沒有理會。

蘇聯主席再喊：『孩子，你再不回來，我就指使ＫＧＢ殺掉你。』孩子仍往前跑。

中國領導人嘿嘿一笑，悠悠道：『孩子，你儘管跑，你的前面是充滿中國特色社會主義的康莊大道！』

孩子一聽，鐵青著臉立即往回跑，把頭埋進母親懷中嚶嚶哭起來。」

采潔的九十年代，成長於一個不斷告別的過程。八十年代中英談判失敗，爾後八九天安門，人人說共產黨接管香港後，資本家、異見者一個個逃不掉。機場每天擠滿抬著肥腫行李的人潮。每年學期念到一半，總有幾個同學說走就走，部分尚會告知，派發紀念冊；部分走得急，某天起便缺席了。

她如常生活，不如念教會女校的姊姊聰明，成績一般，在屋邨學校混日子，無甚過人之處。要獲取親友注意，就是搞搞笑，出出風頭，耍點滑稽。這為她落下認知：開玩笑，就是一種開拓人際的方式。

她意外發現，相較平常屎屎屁或小明當主角的段子，這個把孩子叫回來的笑話竟更能引起迴響。其實，采潔是在雜誌上讀到的，不過原文中落跑的不是孩子，而是小狗。她心裡訥悶，狗怎會聽得懂人話呢？因此在她的轉述裡，為了合理，把主角換成人類。

這引起一些誤會，特別是大人們，笑完會反問她：「妳就是那個孩子嗎？」

采潔不懂回答，畢竟她不知道甚麼是中國特色社會主義，她也不懂，大人們的笑聲，怎麼那樣乾，好像快要枯涸。

幾年後香港回歸，表面上看似繁榮穩定，姊姊考上香港大學的專業科系；電視裡整天播放金融風暴下人們自殺的新聞。坊間洋溢對世紀末的焦慮與狂熱，父母有意無意比較兩姊妹，日常時而壓抑時而暴烈，采潔決意以僑生計劃名義，赴臺念書，逃得越遠越好。

僑生，華僑，歸國子女，意指，學費便宜，錄取不難，最佳避難。

從桃園機場到市區的車程，馬路縱橫曲折，機車與汽車堵擠道上，樓房平矮，房子有腳，堆滿琳琅的貨物與商品。攤檔像怒生的枝葉，堵滿道旁，熱騰騰的白煙和嚼食的顧客。采潔抬頭，巷上貼有路牌：「建國」、「光復」、「忠孝」、「復興」、「民權」、「和平」……

抽象、傳統、宏大、虛幻的概念，在香港才說不出口呢，好激昂，好認真，讓人打冷顫。把洶湧的情感詞應用於日常功能，易使邊界模糊，混淆指向，長此下來，要不終日浴身於拋頭顱灑熱血的浪漫情意，要不對之麻木，無從掂算字詞原來盛載的真實重量。

後來朋友老說你們香港人好兇喔，講話硬梆梆，說一就一，說二就二，怎麼都不給點人情面子呢，規矩還不是人定的，怎麼不能修不能改？采潔按著太陽穴，咬牙，但人，人那麼善變，那麼巧言令色。

她害怕以情感作號召或驅動的事情，大多反覆，且易於背叛。那些激昂而浪漫的口號、話語、論述、支持與熱度，皆快燃快冷，難以持久。

一個冷戰時期笑話，赫魯曉夫為一個婦人的四個小孩取名「和平」、「人民」、「祖國」、「尼基塔」。一年後，他向婦人問起孩子狀況。那母親道：「和平不見了，人民在哭，祖國在睡，尼基塔胡說八道。」

在臺灣，可以換成：「和平在哪？建國路堵住，光復已過去很遠了，我們找不到民權。」

※

一團人趕到高美濕地，教師們催促學生預備工具，時間緊逼，只待下車跟隨老畫家學師。孰料剛開了車門，冷風飆竄，老畫家即緊了緊脖上圍巾，與弟子議論後宣告，車程顛簸，天氣陰冷，她待在車上休息，讓大家把這當作觀光景點逛逛。成人面面相覷，又不好發作，臉色古怪。

據說學校這次申請大筆補助，請來山水畫流派現任當家的國寶級大師，行程手冊特地加上簡介，說是首位畫作被掛於中國人民大會堂的香港畫家。這趟旅程勢頭很大，甚麼「美的傳承」、「世代以畫筆對話」，出發前已有媒體報導，照片中大師穿旗袍，站在長桌前團圍大群學生，跟一幅橘子圖合照。

采潔可沒那麼八卦主動去翻新聞，是女兒近來訂閱所有港媒頻道，剛滑完一樁未成年少年被控的暴動案，演算法即接連奉上另一則。

她訥悶，畫中橘子的用色太黃，後來才知道，原來那是枇杷。

下了車，孩子們歡天喜地，去走木棧道、拍照、躺在坡道玩耍，風刮得凌厲，大人們待在攤檔吃熱豆花。有夫婦跟采潔微笑揮手，湊近坐下，這是搭訕的前奏。

「來這邊很久了？」

「超過二十年了。我本身來念書……」

「啊，這麼巧！」太太打斷她，指指丈夫：「他也是，他也是！不過他當年念完書就回香港找工，沒留下來。」

「真的嗎？我們算半個僑友呢。」

「對啊。當初怎麼選擇留下來？是覺得這裡好好嗎？」

采潔勺起一匙珍珠，質感不像平常Q彈韌硬，反而軟爛黏牙，一咬即破。好比跟前夫婦拋出的問題——廿多年來，幾乎第一次，她遇上香港人問她定居源由時，竟是純粹認真徵詢意見，想從過來人聽取適應異地的建議，是真誠的求問，不是諷刺。

當一個稱職的導遊跟當一個稱職的移民者有甚麼共通點？

——配合凝視和期待，面對伸手，張口，索求訊息時，盡力專業滿足。予取予求，似所有人知道采潔當導遊時，皆理所當然地，詢請情報、優惠、好康——哎下次回港，幫忙帶份洪瑞珍三明治？微熱山丘鳳梨酥？太陽餅哪個品牌好吃啊？臺南的虱目魚肚哪家最好吃？花蓮西瓜很有名是真的嗎？

這些年，大半個臺灣都跑過，甚麼樣的團員沒見過。各地旅客，尤其是港客陸客，最愛臺灣，甚麼路線皆有，北部城市遊、南部歷史古城、澎湖小島風光、花東縱谷親近大自然。

予取予求的寶島，東南西北都新奇好玩。文字語言共通，不會迷路，飲食與文化類近——最重要是，便宜、便宜，以及便宜，哈。來臺灣，當個土皇帝，何樂而不為——等等，移民？啊，這……這得想想，考慮一下，要知道，當個開明寬懷的觀光客自然容易，笑一笑，明天就上飛機，一切拋諸九霄雲外；要久遠堅實地待下來，朝夕相對，性子可原形畢露——喂在香港工作一個月，可夠付這邊的房租一年了——衛生紙怎麼不能丟馬桶，放垃圾桶好臭喔——天啊怎麼去銀行辦個手續都能耗上半天呢。

「為甚麼留下來？」意思就是包攏上述所有抱怨後的嘲弄——好端端的，怎會留下來？

采潔大概每年回港一至兩次，住在老家的房間。姊姊婚後遷出，很快生了女兒，幾年後添丁，小姊弟長得伶俐，討人歡喜。她呢，帶過女兒回港幾次，丈夫更是少到香港。父女不諳廣東話，家族聚會中往往沉默，采潔不好勉強。父母抱怨，當初以為念完書就回來，一家人，齊齊整整才最好。

怎地留在那邊？

采潔常看望父母和姊姊一家四口，笑得像炸開的花——她好像總差那麼一點，稍一慢，就錯過了。

多年前他們一家出席姊姊的中學畢業禮。那是大得像郊野公園的校園，閘口是鏤空精緻的徽紋，沿林陰道走到校舍區近十分鐘，都是樹樹草草，更有園丁專門修裁。

畢業生除了穿梭於教學樓，便是擠在校門附近一片林木處，豎滿一棵棵紅綠相間的傘形樹，赤豔的瓣紛紛墜墜落在地下。大家爭相倚於樹前，與大片鮮紅繚繞的碎花合照。姊姊說，這是鳳凰木，花開於畢業季，大家都愛繞著拍照，是傳統。

那時采潔上完廁所，遠遠瞥見父母各搭著姊姊一邊肩膀，三人靠在樹前，快門「咔嚓」聲響——總差這麼一點，稍一慢，就錯過了。

一家三口，落瓣掉在沉黑的袍上，格外的紅，紅得像世界都染了色。

後來她當上導遊，揮著小旗，在臺南市區介紹景點，朗聲說：「圓環中央是湯德章紀念公園，在三點鐘方向，栽著幾棵鳳凰木，大家看到嗎？鳳凰木是臺南市花。

香港的鳳凰木是英國人引進，臺灣的鳳凰木則是日本仔移植。當時日本想做亞洲第一，更要跟歐洲看齊。他們派人去外國參考，發現在路的兩旁種行道樹，可以營造熱帶殖民地景觀，為列強留下文明印象，便先在臺南車站前試種。春夏交替時，整個城市都開得火紅，所以臺南又稱鳳凰城。香港會不會也叫鳳凰港呢，哈哈。」

鳳凰木原產於非洲馬達加斯加，然而根和花卻在上世紀撒滿亞洲，飄洋而至。殖民時期過後，延留當地。有時采潔要錯認所有翩紅的樹，都是彼時姊姊拍畢業照的一棵，念念不忘。少時，課上念唐君毅的文章，「花果飄零」，要默書，她時錯寫為「花果凋零」，總覺更淒美悲慘。

長大後更常弄混，孰「凋」孰「飄」。

「當初怎麼選擇留下來？是覺得這裡好好嗎？」

其實，無所謂好，無所謂不好，只是碰巧落到哪裡，就可以落地生根。

采潔讓自己拗成盤子，接下飄落如絮的問題，一一回應，不厭其煩。畢竟他們提請的種種，皆符合印象、說法、情理，有鮮明答案，易於應付。

「也是那些老土事啦，跟人拍拖，不想分，就留下了。」她自動略過奉子成婚的部分。

「會覺得有甚麼跟香港相差很遠，很難適應嗎？」太太再問。

大概是看到采潔遲疑，丈夫知道問題太空泛，先道明情況：「我當年畢業後，就得了身分證，僑生優惠政策嘛，不過那時候，大家都清楚這裡甚麼狀況……就先把證件放在抽屜再算。放了這廿幾年，現在真的派上用場。」

太太再接道：「其實我們都好喜歡臺灣，每年都一定會來個三、四次，早年也想過移民。但聽人說，又看過這邊的新聞，好像甚麼都很政治，我們好怕的。不過你知道，現在嘛，香港也是，哪裡都一樣，唉。」

此時賣豆花的老闆娘奉上一碟麻糬，熱燙燙，撒上花生末。大家以為錯送，老闆娘即道：「請你們吃的！香港加油，阿嬤支持你們！」

夫婦連聲道謝，牙牙學語般抖出歪歪一句：「些些妮，鄉港加油。」

甚麼是政治，太抽象了，可用名詞指稱。政治是溫熱的麻糬，是國會內互砸的椅子，是廣場和學校內拆掉的銅像，是頭上掠過的飛機，是一株被更名的大陸妹，是道上的鳳凰木，是廿四小時無間斷播放的新聞台，是一堆不能被接受的笑話。

※

千禧年，政黨輪替，白熱化的輿論如天羅地網，怎也逃不開。一時間省籍認同、藍綠陣營、統一獨立的議題鬧翻天，大學更像個壓力鍋，把議題核心蒸餾熬煮至極致，喧鬧、爭辯、討論聲在飯堂、課室、路上此起彼落，同學間洋溢一種撕扯的燥動，或興奮或悲觀，或狂喜或厭惡，一邊高喊「完蛋！」，一邊高喊「有救！」，聽得精神分裂。

阿扁當選，采潔和其他僑生沒太大感覺，只有一個東南亞華僑同學激動忿怒，連稱「中華民國要亡了！」，如臨末日，嗚呼哀哉，難過得放聲大哭。原來他念華僑學校，家人戰時逃到南洋，信奉「中華民國」為祖國，視國民黨為承繼五千年文化的正統，心心念念把兒子送來臺灣念書，乃為一圓「歸國」大夢。

這才是真正的歸國子女。

采潔困惑於自己的冷感，琅琅上口的宏大概念，民族感召、華人認同、祖國情懷，為甚麼她都沒有感覺？難道她骨子裡真的流著殖民奴的血，像愛國同學說，是個崇洋媚外的壞胚子？

香港回歸中國，她卻眨個眼就跑來這邊念書。

開學時，教授讓大家自我介紹，同學們理所當然說，雲林人、彰化人、宜蘭人、花蓮人……當她說來自香港，教授追問，香港哪裡？采潔就當機，嗄，但香港就這麼小，且不斷跨區遷移，要怎樣歸納身分，九龍？新界？十八區？

在香港，政治之於生活，毋關痛癢。立法會內，英國人與華人精英，以優雅而半帶鼻音，調子翹高的英語發言，輪番辯論，談著所有人不懂，沒權干涉、投票、參與、討論的法案。

長輩們最喜歡看著電視機內的經典畫面，邊吃花生瓜子，邊樂呵呵地笑：中英談判後，戴卓爾夫人從梯階滾摔，花容失色；八九年，明星們在跑馬地演唱，民主歌聲獻中華；九七回歸，解放軍車隊開進香港，市民冒雨夾道歡迎。

政治就是笑話生成器。

「有天阿扁去逛街，看到一家店掛上他的畫像，他暗自竊喜，但仍要做做樣子，便去問店家，為甚麼不一同掛上馬英九的畫像呢？店家回覆，馬英九的賣光很久了，剩下掛在牆上的是一張張都賣不出的滯銷貨。」

這原是前蘇聯笑話，在港時，采潔把「史太林」和「列寧」換成「毛澤東」和「周恩來」，頗得老一輩歡心；來到臺灣，她換成「阿扁」和「馬英九」，試試水溫。這當然不是說六個人是一樣的，畢竟政治笑話的可替換從不在於人物相似，而在於受眾的主觀認同。

這原是打算開解傷心的華僑同學，不都這樣嗎？友人失戀，被誰欺負了，就一起來罵、取笑、嘲諷那可惡的負心漢。她以為，政治如是。但很遺憾，華僑同學覺得不好笑，反指她不了解政治，別以為隨便扣上幾個名字就裝懂，隨時引起反效果。

采潔就想，難道大家都經不起玩笑嗎？那時，她分不清楚，幽默和黑色幽默，時有輕重之別。

幾天後，這不好笑的笑話，卻為采潔惹來麻煩。她剛下課，有一個平常相熟的學長走來逮她，問她是不是講了甚麼關於民進黨的不當言論。她一呆，不明白怎麼事情會傳成這樣。當她想要解釋，學長已一股腦拋出大量事件和問題：黨外運動、美麗島，還有戒嚴、二二八、白色恐怖、本省外省……

學長平日斯文體面，此刻越說越激動，彷彿在罵的不是她一個人，而是她背後蘊著浩大的集體：「妳一個港仔知道甚麼？」、「屁窒仔！」、「滾回中國！」

那是一張扭曲的臉。

采潔想到，飯堂裡播放的國會辯論，語言混雜，如市井罵街，繼而有人推倒椅子，砸水瓶，衝往台上與主席激烈扭打，場面一場混亂。

為甚麼文明進步的大學生，未來的知識分子，會任情感流瀉，任忿怒淹沒理智，面露凶光，向另一個人傾潑所有情緒——何須踩這趟混水，認真較勁——

那是被刺痛的神情。采潔驀然發現了。

他——這些人的內核，必定由一根被苦難、信念和行動磨礪得厚韌的索綑纏，如磐石不移，緊滿得不洩一絲氣，沉重、絕對、不容動搖，如同信仰。以至於，一個小小的笑話也無從容納。

自那天起，消息如水流，逕自傳開。香港來的采潔被歸納為深藍支持者。

這是她在臺灣學懂的第一課。

※

第二天，上午去清境農場，大家簇擁於老畫家身旁，看她瞄上甚麼即緊隨，一座山、一隻羊、一株草、一片葉。學生請教，該怎樣呈現某棵枝椏的骨感，那種硬硬的、嶙峋粗糙的感覺。老畫家沒理會，其中一個貴婦弟子接過畫筆，在手巾上吸水，混點墨汁，在畫簿上斜斜地掃：「讓它乾啊，越乾就越能掃出這種一點點的，你看，黑白間就有紋了，是不是？」學生道謝，趕緊回去畫樹。

平原上有牛，緩緩吃草。陽光很猛，婦人們戴上太陽眼鏡和裹頸絲巾。

采潔有點沒趣，買了一杯新鮮羊乳，出來時，幾個孩子在對面的欄餵羊。

女兒像他們這麼大時，也曾憨憨可愛地餵羊，掌心放幾顆飼料，讓羊溫濕的舌頭一撈捲走，還碰到鼻孔。她沒被生物舐過，怕得大叫，卻又怯怯再次伸手，被這陌生刺激感吸引。三歲定八十，也許女兒熱愛挑戰冒險的性子，像那隻向未知伸出的手，當時就有跡可尋了。那次來臺中，本來還計畫去路思義教堂和日月潭，但女兒中途開始肚子不適，可能受不了太新鮮的乳製品。采潔還記得去醫院掛號，女兒伏在膝上疼著向她撒嬌的樣子。

卻是甚麼時候開始，女兒不再跟她到處跑，對她過於觀光向的導覽、帶有偏見的玩笑表示不耐煩——甚至鄙視？

女兒最愛冷冷道：「妳這樣超——政治不正確的，妳知道吧？」譬如從前會去的中正紀念堂、士林官邸、陽明書屋，現在女兒會說是鞏固威權象徵，營造權力崇拜；安排團員去原住民部落，看歌舞表演和吃烤肉，女兒說是剝削和消費族群文化；現在來農場餵牛羊，女兒說：「觀光型農場說穿了就是虐待動物，妳知道那農場有做綿羊秀吧？」哪怕說個笑話，她會說：「這是在貶抑同志素食主義者環保人士身障者動保人士原住民女性主義者所有所有被剝削的邊緣群體，不好笑。」

好正義，世界的悲傷苦難都要扛上肩，真偉大。

但你從前確是玩得很開心的。采潔心裡反駁。

大概是女兒在高中開始參與青年事務組織開始，還是大學的讀書會？她開始把晦澀的字眼掛在嘴邊，開口閉口都是學術字眼，名詞的有制度、邊緣、殖民、帝國主義，動詞的有召喚、缺席、剝削、體認、指向、往返。書讀得越多，觀點越強硬，目光越銳利。從前，采潔還會跟女兒分享工作軼事，多是客人鬧出的笑話或麻煩，或多或少帶有抱怨，不免對之評頭品足，就是是非嘛。尚未長成青年的女兒，會跟她一起笑，一起咬牙切齒，還會抱抱她，給她安慰。

但跟前女子，彷彿褪去名為「女兒」的殼，自蛹內重生，蛻變成大公持平的進步青年。她告訴采潔，二十一世紀的旅遊觀光業，本就是依附過度膨漲的消費主義，以及現代化交通縮短人類移動時間，才發展出這門扭曲產業。現代旅遊鼓吹的舒適、消費、遊樂，對異國所有獵奇新鮮的凝視，本質都是壓迫、剝削族群、鞏固刻板印象。而她，采潔——正是這萬惡的共犯。

願意漠視所有論述，只管跟她同喜同悲的女孩，不見了。

采潔覺得自己漸漸活得像個害怕教官的學生，言行舉止都得小心翼翼，連跟同事聊八卦電話都得躲在廁所悄悄講，不然說了哪句話、做了甚麼手勢，不夠「正確」，即被抓小辮子，動輒得咎。

有一學期，女兒修了門關於身分認同的課，要訪問家人。在前段，她花了很長篇幅跟采潔解釋，香港跟臺灣複雜而曖昧的地緣政治——從清朝割讓而成為的兩國殖民地；中華民國到中華人民共和國，兩個中國的指向分歧；在尚未解殖下，同於上世紀遇上大量華人移民；至香港回歸、臺灣舉辦總統選舉的歧異命途。

講了近半小時，她為采潔理清大概脈絡，才發問關鍵問題：「作為留臺的香港人，妳覺得自己是從一個殖民地到了另一個殖民地；還是從一個中國到了另一個中國？」

采潔硬著頭皮，回她一個笑話：

「臺灣：我是中國。

中國：不，你不是。

臺灣：我是臺灣。

中國：不，你是中國。

香港：我是香港。

中國和臺灣：不，你是中國。」

她抱怨，媽妳對自己的身分不夠敏感。

也許足夠敏感，不讓人失望的是外甥倆？近年，女兒透過社交媒體跟表姊弟混熟，還主動提出隨她回港。幾個年輕人粵國語混雜，都是政治。采潔就覺得，界線在相互濺潑，變化融和。

近年，采潔網絡上的香港友人竟會開始轉發新聞，附上感想和評論；偶然回港，搭個地鐵、去個餐廳都能聽到人們談民主、自由、投票權。好比蔓染的黴，關心政治成為新潮流嗎？重點是，竟會傳到香港，香港耶，這曉以她冷感旁觀的城市。從前明明強調太遠，不沾身，一笑置之，是她太久沒回來，脫節了嗎？

幾年間，香港發生多場社會運動，選舉和前途問題竟成為熱門話題。女兒向來沒太大港人身分認同，卻在看新聞直播時比她更著緊，憪憪不能眠。近半年，衝突畫面與流言無日無之，采潔不敢看——到底要捍衛怎樣的信念，人竟願意擯棄形象，撕破臉責問他人，跑上街頭身水身汗，甚至失去自由和性命？是那根被苦難、信念和行動磨礪得厚韌的索，也纏到這些人身上嗎？

這不是她熟悉的香港。這很不香港。

開明進步，高舉普世價值的理想主義青年，與參與剝削、鞏固刻板凝視、服務於觀光及資本主義下圖利的導遊婦人，做甚麼都不咬弦。

「妳在乎嗎？妳都在乎甚麼？」

那次吵架，是采潔發現女兒竟偷偷買了機票，到香港夥同外甥倆參與運動。這太過火了，天，她只是想像都要嚇得心臟發麻。

結果女兒的反問如針戳手。

總這麼認真嚴肅，采潔就怕，這問題在多年前後，仍困擾著她。

※

在學時，采潔曾尾隨友人，去過一次遊行，是反核議題。那時采潔感覺到，她因議論而被扣的帽子，已與同儕間構築出微妙的界線，再不好好拿捏，就要洩溢成離群的姿態。因而她本是不想去的，但為了維持平衡，她與大家準備，張羅，籌備，出發。

那年的反核遊行跟往年有點不一樣，由於總統選舉承諾跳票而倍添一份被騙的憤懣。當時行政院長宣布核四復工，民間發起反核大遊行，執政黨竟派出大量公職滲入遊行，把整個遊行調性從「反核」替換成「人民作主」、「非核家園」，更開出總指揮車，讓揚聲器播放政黨宣言，宣傳公投，呼籲民眾以選票彰顯意志，人民應為自己作主——好蓋過民眾的抗議。

「這是一場赤裸裸的綁架！」友人一邊走，一邊朝遠方的指揮車比中指：「在一場遊行中宣傳公投——還把議題關注和投票扯在一起。操作，都是操作！他們怎麼有顏面？天啊怎麼還有人傻傻的跟隨隊伍？難道看不出這場遊行已被偷渡成選舉造勢活動了嗎？他們怎麼心甘情願被騎劫呢，采潔，怎麼能接受呢？」

不知怎地，句末的提問，讓采潔有種錯覺，自己與在場順遂伴於指揮車，與公職一同行進的民眾，都應當因沒思考、未有反抗而被責備。多麼恨鐵不成鋼，本應是一次行使公民權利，彰顯民眾力量的體現，卻淪為拉票工具——而他們，她，竟沒有反抗。

采潔四處張望。

有人提著相機，「咔嚓咔嚓」拍照，有人望見鏡頭即走上前配合比手勢。

有孩子騎在父親肩膀上揮動小旗，朗聲和應口號：「人民作主！」

有人穿不同裝束，三明治人、布偶裝、化成喪屍模樣、拿氣球、把貼紙貼滿全身、抱著自製的道具……人不算多，使他們非常顯眼。

還有零星的海報和標語：「反美國」、「反資本」、「反大陸」、「反獨裁」、「反綠營」、「反黑金政治」……

行道外有人休憩，旁觀，朝隊伍揮手；樓房陽台站滿了俯瞰的鄰里。

有人竊竊私語，說隊中混入便衣警察，以便控制現場；有人說混入的不是便衣警，是其他勢力安排的好事之徒，甚至是執政黨的，必要時生事推擠，製造畫面，好搶佔話語場域，或嫁禍責任。

如有蛇蹓過腳畔。

采潔驀然想停下來，就此趴伏於地，任所有人踩踏，直至死去。她懷疑，在後的民眾會否因過於專注揮舉布條，而未有注意腳下異樣，一人一步「咔咔咯咯」把她的頭骨、頸關節、胸腹、肋骨、盤骨、脊椎、腿骨蹬踐，直至碎迸成沙子、粉末，那麼她就可以散落到不同地方，越遠越偏越好。

沒有人能找到她。

友人終於忍不住：「天啊，難道都沒人阻止一下？他們還敢說『反核就是反獨裁』！不行，我們必定要做些甚麼。」有探路的夥伴回報，信義路到凱達格蘭大道附近，有學生團體架成人牆，打算阻止指揮車前進，需要人力支援，越多越好。大家聞言，如驢子發現紅蘿蔔，一股腦往前衝。

采潔走得慢，身旁孩子手中小旗一甩，掉到地上，她幫忙蹲拾。一抬眼，跟前夥伴全都已急步跑走，不見蹤影。

如何是好，還要去嗎。她問自己。

再看看吧。再看看。

采潔往側移，退到一棵樹下抽煙。

抽完一枝，該動身了，她又抽起第二枝，彷彿只要接續抽下去，她就是無辜的，沒有責任繼續參與，也毋須為沒有奮力吶喊、憤慨、反抗、思考而被責備。

煙一直燒，人們自她面前川流，儘管偶因煙味而皺眉，但無人責問。

她是自由的。

終於把僅餘的煙抽光，遊行隊伍也快到尾聲，采潔徐徐步入列中，走至總統府前。有雷射光把「非核家園」和「公投」字樣打上總統府樓塔上，非常醒目。

指揮車就在旁邊，仍在無間斷廣播。

友人們於不遠處佇留休息，焦頭爛額。

「太過分了，太過分了，人民不該害怕政府，政府才該害怕人民！」

「靠北警察，剛剛用力抓我，好痛！」

「我們明明已拉緊彼此，他們好粗暴，幹，我不見了一隻鞋。」

「哈，你是瘸子，我是瞎子——」說話的人揚揚手裡裂開的眼鏡。

「所以我們將來交稅，就為了付錢請公職來向我們武力相向嗎？」

采潔聽他們描述，如何緊密牽繫彼此，與龐碩的指揮車、警察、公職間的激烈推撞，指罵。哪怕他們以肉身抵擋，仍不能撼動對方分毫，最終仍讓雷射光以勝利而堂而皇之，彷似正道的姿態，投射於樓塔上。

吃飯時，大家都很沉默。

友人問采潔，妳剛到哪裡去了？

她說有點昏，走得比較慢。

對方嗅到她衣衫的煙味，輕巧一笑：「妳就真的甚麼都不在乎嗎？」

「甚麼？」

多年後，她和同事從百貨公司逛完時裝店，在大道中央，浩浩蕩蕩的隊伍自對街走過，舉著「撐港反極權」的標語、紙牌的人們，身穿黑衣，川流前行。

同事問，妳要不要去看看？今天好像是甚麼「全球反極權日」，大家都出來遊行支持香港，除了臺北，還有臺南、高雄也有活動。

采潔搖搖頭，為了掩飾反射性的拒絕，她揚揚手裡的一袋二袋：「不太方便啦，拿著這麼多東西，跑進去像湊個熱鬧甚麼的。」

「但妳不是香港人麼？妳都不在乎嗎？」同事覺察這句話不太禮貌，連忙補充：「不過也不是只有遊行的方法啦——啊，你們有句很有名的口號——兄弟爬山，各自努力嘛。」

所以她到底在乎甚麼？不聲張或表態——不捍衛土地、沒有歸屬感、不為族群的苦難和不幸感到悲傷或歉疚，是不道德、不被允許的。然而采潔依仗消去法，她只知道自己討厭或不需要甚麼，如洋蔥般，在經驗過程中一瓣一瓣剝下，確認丟棄，卻無法生出根、莖、葉子、信念。

這成了一個弔詭的悖論，采潔越去嘗試、參與甚麼，將會越快越易發現自己的疲憊和不感興趣，好比一對長滿尖刺的手，越想撈捧飽滿的氣球，就只會越快戳破它。

※

旅行團繼續行進，從臺中到臺北，車程緩長。教師們反覆確認行程，討論教務，課程，幾個不在場的同事八卦；婦人們的話題離不開育兒、買口罩、選學校、名牌。然後是晚間自由活動的好去處，去SOGO、新光三越、信義區。

他們繼續移動，繼續在所有高速交通工具中，從一個地方，被運送到另一個地方，遊山玩水，風光明媚。外面與他們無關。

這非常香港，非常政治。

用餐時，老畫家、婦人們與學校職員坐於一桌，不滿原有團費的膳食質素，要求升級，點來龍虎石斑、川燙透抽、炒海瓜子，不忘往學生桌送兩盤黃金蝦，請他們的，學生哥，要用功念書，不要讓爸媽傷心啊。

學生們連聲道謝，和樂融融。

後來，采潔跟系上一個學長談戀愛，約會，上床，懷孕，成婚，買房，生孩子，分居，離婚。她成為一個移動者。在一個海峽之間往還，探望父母和姊姊；回到這邊，收拾行李，穿行於城市與偏鄉，在一片島裡。她坐鐵路、客運、汽車、捷運、高鐵、飛機、船，從一個地方移行到另一個地方，演練、綵排、學習，像一個考生囫圇吞棗般嚥下所有不著邊際的筆記、政治正確的歷史觀、無傷大雅的文化玩笑，常存口袋。

如一個熟練而具權威的在地人，向踏上這片土地的陌生異國人吐露、灌溉聽起來獨特有趣的冷知識，無關痛癢。

采潔的姊姊，畢業後嫁給醫生，大概也跟這些婦人階級相若。她們也有參與運動的孩子嗎？那些專心致志畫樹、吃黃金蝦的學生們，他們將來，也會失蹤、受傷、被捕、流亡嗎？

或反過來，好端端的，外甥們為甚麼不乖乖畫樹、吃蝦子呢。早幾天，姊姊突然聯絡她，說兩姊弟過來住一陣子，方便嗎。她當即答允，不過問，不去與香港種種拉上臆測。姊姊已打點一切，聯絡約定哪班次的飛機，采潔去機場接他們。結果外甥沒來，只有外甥女來了，眼睛紅紅，甚麼都不肯說。姊姊的來訊簡短：被逮了。再聯絡妳，替我看顧好明微。

幾天後再回覆，沒事，羈留四十八小時後踢保，不作起訴。

短短幾句，訊息量極大。采潔想過，好不好問問外甥女，或敲電話慰問姊姊，到底是哪裡被抓——現在不起訴，日後有機會嗎？黎清到底做甚麼了——明微知情嗎？家裡還好嗎——好端端的怎麼這樣——怎麼搞成噉？

這一切是怎麼發生的——為甚麼會變成這樣？

曾以為瞭如指掌的舊地，當下卻讓采潔如一個怠懶而荒於戲的學生，急需臨場筆記、工具書好好填補距離，才能不致羞赧般步入考場——現在，她是甚麼都不知道了。

何不輕鬆一點呢。像她，讓一切隨風掠過，讓同學的咒罵、川流的隊伍、所有遷移時墜後的風光、物事、情感，全都迸開，拋走。那麼在哪都一樣。

一樣自由。

飯後，職員與老畫家和弟子們聚於一桌，遊覽車尚未到，大家自由活動。有較年長的學生佇在門口的電視機前看新聞，畫面界成三個，左側較大的播放總統候選人發言；右側兩個較小的報導昨晚香港又爆發警民衝突。

「老師有想到下午去哪裡嗎？若已有想法，可跟我們說，來個超前部署！如老師想衝出亞洲，到歐美國家也是可以的，大家還想不想跟老師學畫畫呢？」職員朝鄰桌喊話。

「想！」幾個年紀小一點的孩子隨父母起哄應和。

「說到這個，我真的有個地方很想去……嗯，只有我一個又不好去。也有點怕。」老畫家沉吟半晌再說：「但如果一行人出發，好像又比較好。」

「老師請說請說，但講無妨，我們必定盡力配合！」
「對嘛，老師去哪，我們這些子弟兵天涯海角都跟您去的！」
「嗯……其實我想去新疆。」老畫師悠然道：「但好像有點難辦……」
在場的人，包括采潔都定了一下。就在大家屏息，以為曾與國家高層握手合照的老畫家要說出甚麼敏感話，她接道：「畢竟新疆氣候變化劇烈，溫差很大，我又七十多歲，怕去到受不了。唉，但那些平原啊、天山，大自然又確實很值得畫。」
眾人恍然大悟，爭相安慰老畫家：「不怕啊老師，我們娘子軍會照顧你的嘛！你若怕太乾，我們帶保養品給你就是。」
「對啊老師要保重身體，學校可安排較暖和的季節出發，會讓老師舒服一點。」
「我有朋友從前到過新疆旅行，給我寄來的照片超美的！那些沙啊田啊都很美，特別是棉花田，一片拍過去，在陽光下像不會融化的雪耶。老師您真必定要去畫，用您的筆記錄下來！」

在那前幾天，國際新聞才爆出新疆地區的維吾爾族人如何被壓逼施虐，要求強制勞動，無休止種棉花，過勞至死。世界各地即發起抵制「新疆棉」運動，鬧得很大。

采潔想，他們呢，他們才是永恆的移動者。

遊覽車快到時，有婦人問采潔，最近常看臺灣新聞，很多人猛提「芒果乾」，甚麼「阿不就芒果乾好吃？」、「看到香港，就想吃芒果乾了」、「一邊發大財，一邊發芒果乾，笑死」，到底是甚麼意思？

就是諧音啊，芒果乾，亡國感。

但要怎樣解釋？她有國嗎？有的話，她的國在哪裡，她的國亡了嗎？

采潔一直保持移動，告別、遷徙、離開、行進、閃挪，頭也不回，成為導遊，以無關痛癢的解說填補所有沉默的空缺，為了避開任何解釋自身的機會。在風急浪高、極端、絕對、眾人觀念皆鞏固成形而幾近無法對話的漩渦裡，她想保有沉默的自由。

話語像一個風箏線軸，吐露闡釋得越多，線軸就繞得越長越快；暴露得越著跡，被掌握的就越充分；於是，本應在天空翱翔的風箏，將被忽倏大力晃扯，以盤卷得足夠紮實的線軸召喚、逼使它從天上飄飛降落，越來越低，最後停佇於土地上，動彈不得，無處可逃。

在她猶豫的頃刻，遊覽車開始駛入停車場，各人收拾行裝，等待上車。采潔緊緊攥住口袋內的煙盒，向仍在期待答案的婦人綻出笑容：「好，大家先上車，我去個廁所喔。回頭給大家講個芒果乾的笑話。」

三

To Write or Not to Write

家長

之於時代需要的寫作者，是怎樣的寫作者？

你時覺卡塞在尖端與末梢間，搖擺不定。畢竟你不夠老也不夠年輕。

教育講座上，主辦方邀來小學生朗誦詩歌，清脆的翹舌和兒化音，字正腔圓，發音純正。坐在你旁邊的少年，許是聽得乏了，從袋裡抽出一本書，來回翻揭，似是早已讀完，又重看。

他赫然翻到起首。

「給明微：

很高興妳的新書得以在臺灣出版，誰想到呢，十年後，妳要出版的第一本書，竟是小說而非社論集。有時我仍會錯認妳是當初那個來上我寫作課時，穿著淺藍旗袍，修湯碗頭，看上去很文靜又帶點害羞的中學女生。

我記得，從前妳們的課都排在週六，接續在高中補課後，如今想來，怕且妳們當時都恨透這寫作課佔去寶貴而青春的假期吧。

每次我早來學校，從校門沿兩岸的林木大道走上斜坡，在下課鈴聲響起前趕到校舍，佇在門前等待妳們完成補課，都會看到妳在靠門位置與其他同學一起合十禱告，面向黑板上鑲扣的十字架，念念有詞，豎出兩指朝額頭、胸前繞至兩肩劃十字，in the name of the father, and of the son, and of the holy spirit, Amen。

我總在想，這麼傳統教會女校教出來的乖乖牌，那底蘊下是怎樣的一顆灼熱壓抑的心，才會只待與日常課程規訓無關的課外寫作課裡，在確認導師如我並不會把作業內容呈予學校後（即確認安全後），交來一篇又一篇辛辣、諷刺、直白、爆發力強的作品。

那時確實把我嚇了一跳，畢竟在帶點生澀的文字底下，作品直指對時弊和制度的針砭批判，連我讀來都覺得炸力甚強，作為一個如你文中『行禮如儀的中產階級』，幾乎就要對號入座。

有一回在課上，我提議下一節不如到外面走走，離開工整框設的課室，去看看街上，大自然，哪裡都好。

那是我因為我驚覺，班上許多同學自小環境優渥，被家裡保護得很好，更遑論到訪香港一些老區。（我是後來才明白，校舍前迴旋處的停車點，原來供學生家的私人司機停候接送，以及妳曾故作不經意告訴我，部分同學從沒坐過公共交通工具，不曾買過車票。）

教妳們的半年間，我漸漸感受到階級的滋長，這是妳筆下常憤忿不平之故嗎？

我本欲藉此機會，讓大家到外頭擴闊視野，然學校最後以過分危險為由否決申請。那時妳提議，不能到校外，離開課室卻是可行的，校園偌大，不如到校舍附近的林間小園上課。

林園種滿了火紅的鳳凰木，落瓣覆滿地上，我嘗試讓同學們脫鞋踏於草間，以足腿感受原生土地。大家都顯遲疑，妳反毫不客氣，襪子一丟皮鞋一甩就跳進去，輕呼好冰好涼好有趣，惹得同學們心癢癢，紛紛仿效。妳總是願意嘗試的人。

同學們吱吱喳喳告訴我，我們倚坐講論的這棵參天鳳凰木，已有近百年歷史，在二戰時已是老樹。

『它是非洲馬達加斯加共和國的國樹哦！』、『我們叫這為紅影樹，或是火焰樹，還有一個很彆扭的，叫森之炎！像甚麼動漫哏，哈哈。』、『不過它的種子是有毒的，不能吃！』

妳記得嗎？談到熟悉的話題，大家像開籠雀七嘴八舌，要來『教導』我，原來這是校史內有教的。

受妳們影響，及後幾課我特地翻來香港文學中曾寫及鳳凰木的故事，竟與張愛玲和蕭紅皆有關係。據說，南來的蕭紅，二戰時期在港病逝，其骨灰一半撒在淺水灣，一半便撒在赤柱某株鳳凰木下。在《傾城之戀》中，范柳原與白流蘇從上海抵港，一晚在淺水灣遇見這樹，柳原告訴她，英國人稱為『野火花』；廣東人則喚為『影樹』。

我當時本想說的是，這樹花開在六月，常是離別畢業之季。這些小故事，都多關繫分別離散。

然而妳在課上說，但在香港，它明明叫鳳凰木。我當時明白，這才是妳的關繫。

聽說臺灣也栽有鳳凰木，妳有看到嗎？

大學時的妳也修寫作課，不時把作品發給我讀。那是香港在經歷另一場社會運動後開始撕裂的時代，相較妳中學時的絕對確鑿，我讀到一種創傷中的搖擺不定，卻又勉力支起必須捍衛『非黑即白』的邊界，字行間彷彿生出角來，相互抵撞。

我是心痛又無奈，書寫往往反映狀態，這是最誠實的。我的理解是，在社會浪潮的沖擊裡，妳對於該如何站得住腳而不顯極端偏頗感到迷惘。

該學期期末，我引用妳喜愛的我城作家黃碧雲寫過的：『是文學選擇，不是政治選擇。而文學因為無用，所以有選擇。』文學無用，才有鬆動的出口，妳同意嗎？

又過了些年，聽說妳考上研究所。妳和弟弟創立青年文化組織，向大眾深入淺出推廣人文學術。碎片及影像化時代，你們成功抓住觀眾胃口，快、狠、準，一如大多文化青年，辦雜誌、開座談會、做節目，並開始在平台上寫評論和專欄，聲勢日大，支持者眾。我卻越加擔憂這種速食潮流會把妳太快淹沒，被過於銳利獨斷的觀點割傷而必須硬著頭皮撐下去，抑或是我多慮了？

後來我們都知道這裡發生了甚麼事。

妳遠赴臺灣繼續修學，越來越多人離開。

年輕的寫作者身陷囹圄；同時我聽說妳開始寫小說，有一些發表。我不由得聯想兩者關係，卻又不該僭越私密的界線。

因此，當我開頭收到妳邀請我為妳的新書掛名推薦時，承著我對妳多年的認識與肯定，當即毫不猶豫一口允諾推薦。

然而，連日來我細讀書稿，反覆重讀多遍，思考許久，有了不同看法。

首先，妳的書寫作為我城的時代見證，誠然十分重要；而此書能成功出版，完全有賴於如今臺灣這片土地給予作者免於恐懼的創作自由，因此它能在臺灣誕生，是一件可幸之事。

然而我也必須承認，作為現時身處香港而未有離開意欲的我來說，確實對掛名推薦此書有所保留。考慮到此書或將回流香港，將面臨一定風險。時局丕變，往後情況難以掂量。我並不是說會自此絕言於這本書，不是噤聲，而希望在掛名推薦的形式以外，用我自己的方式講及它。

誠如我早年曾向妳援引的字句：『而文學因為無用，所以有選擇。』因而，如此時刻，請容許我選擇保有沉默及自主說話的自由，也希望妳和出版方明瞭箇中重要性。但願我的決定不會為你們帶來困擾或使妳失望，再次感謝妳的邀請。

祝福妳在臺灣能繼續書寫，以作品回應時代。

祝好。」

這封婉拒掛名推薦的電郵，最終以沒有署名的姿態，被載於明微的新書序中，成為一種逆向宣傳。

沒人知道刊印時，到底出版社或明微有否取得電郵撰寫者首肯，不知糊去署名的做法是作者同意，抑或出版方為保留原文，又要保護作者身分的權宜之計——無論如何，這篇無名氏序，確實成了很好的行銷技倆。

它反映出一種辯證：威權下的明哲保身，到底是深思熟慮的睿智，還是驚弓而致的退縮——身在局外的旁觀者，又該本著甚麼心態看待，憐憫？驚訝？嘲諷？痛心？

答案是獵巫。

檯面上，大群中老年作家抨擊明微及出版方，認為挪用私密信函公諸出版是不道德、不能接受的，發起罷買、拒讀，並呼籲原作者現身譴責；暗下，湊熱鬧的好事者，紛紛化身偵探，誓要從字行間的自述揪出線索——彷彿透過忖度和指控，就能鍍上「衛道之士」的金身。

諸多推測中，尤以押在老作家的一派呼聲最高。昔年，他曾是那家種有鳳凰木，位處山上的教會女校多年聘雇的駐校作家。

近日，他發出聚會邀請，是其主編刊物的告別活動，被譏為蹩腳的托辭；上個月，老作家在社交平台上斷捨離般出清家中藏書，連以包裝袋密封的初版、絕版書、作者親筆簽名本、限量本，皆一舉販售，更邀請各界友好親臨寒舍參觀購置，卻堅稱絕非離開，乃是家中空間不足，需送舊迎新。（儘管到訪過他家的文友，包括你，都認為空間寬敞，樓高兩層的村屋，前門還有個小小的花園。）

其時就有傳言，老作家要走了，反正他在九十年代時就曾在數不清第幾波移民潮中遠走國外。眼看回歸後相安無事，馬照跑，舞照跳，太平盛世，有錢繼續賺，油水繼續撈，至千禧年前後回流。這些年，他在學院當講師，編雜誌，辦文化活動，得過一些書獎。近年出版過幾本賣不完的詩集，上課或講座時權當獎品，特地為簽名揮毫練字，喜歡與受贈者合照，時時上載至社交平台。

書出版至今已逾月，你訥悶，相較無名氏序文的獵巫八卦，為何作品本身，乃至序文中「年輕的作者身陷囹圄」一句似乎無人議論——你的舊學生黎清，那麼意氣風發的文學少年，熱衷發表、講論，在圈子裡風頭一時無兩，大家難道不認識？瓜子和蓮子，哪個更可口？人走茶涼，是這道理嗎。

你時去探望，為黎清打點獄中物資，多是張羅書籍。往復信簡中，你發現，他竟又開始寫了——哪怕「寫」正是讓他被羈押的原由，他仍無懼且不動搖地寫下去，著你替他保管，更自嘲若非在囚，大概窮一生都不會生出「手稿」。

墨跡斑斑的單行紙，時有水漬教幾隻字暈糊一片。

讀到他的字，你驚詫於他往日一身戾氣、斬釘截鐵的確鑿，竟——漸漸祛了。想法與措辭柔軟錘鍊，越寫越好，卻無從發表。黎清似隻飢腸漉漉的獸，亟欲泅泳於知識的海中。他的讀書需求大，獄中申請書籍的配額有限，他與其他囚友談洽書單，交換來讀，寫評論，也寫創作，並時與你分享想法。

近月你們談到本地移民潮，那些於外地發表關於香港的作品如何熱賣，都是話語、詮釋，甚或代言。他讀來，有種疏隔的尷尬，總覺那個被想像建構的城，與你們如今置身的，似乎迥然有別。

「但沒關係啦，有人願意去創作、去保存，總是好的。」黎清自嘲：「我們在這裡活得再勇敢，都不及他們的作品來得勇敢。」

只有這麼一句，暗暗洩出尚未褪盡的憤然。

他想讀明微的新書，你敷衍過去，不忍告訴他已屢次申請仍無下文，哪怕向當局追問、催促，都如投石於海，了無回音。

獲得答案都顯得奢侈的年代。

半年前，你與老作家同編一本文學論集。印刷前夕，補助方發來掛號信，勒令修改書稿，卻無提供方向及要求，只要求編者自行判斷。

哈，好大一條木樁，打得牢實。

馴獸師訓練小象，用繩子把象拴在木樁上。小象力弱，無法掙脫，每每嘗試，將伴隨馴獸師一頓毒打，遂安分起來。時間日久，待牠長成大象，仍不敢移動木樁，自此安分一輩子。這是常見的勵志故事，告誡讀者要找到自己的木樁，只要勇敢克服過去的障礙，就能發揮潛能。

你卻有不一樣的解讀。象長大後，明明已再無肉體傷害，為甚麼牠連一下拉拽都不願再試？這是因為，痛苦和失敗的恐懼在年月的熬煮中，猶如牛皮，從輕飄如紙的不痛不癢，在滾燙的濁水裡翻騰，變形，從軟至韌，鬆到緊，最後縮成硬實的立體，蓋過現實的本存。

由此可見，真正可怕的，是想像本身。是想像在腦海把恐懼催成實像，牢牢釘扣內在，教人不敢邁前。

盤點下來，論集的可疑處竟有數十點，你平順與老作家商討，要不都撤了吧。向來和藹的老作家竟向你拍案大罵，斥你自甘墮落，棄械投降，豈有風骨？

你詫異於老作家驀然的義正詞嚴。可是，一路走來，不都是這樣嗎？為保全園地，將就、圓滑、健康一點。畢竟，有燈就有人，有人就有路。

辦校園雜誌的這些年，為顧及贊助方和訂閱率，手起刀落，砍去各種不夠安全的題材——性、暴力、情欲、性別、議題、同志……寫作裡，某些題材比某些題材難以傳播討論，你以為是大夥不上檯面的共識，關鍵在於寫者如何選擇——要堅執保有自我般藏在抽屜，還是接受修裁進入大眾視野。

寫甚麼不重要，重要是，寫下去。從前老作家鼓勵你的話，為此剜削刪裁的部分不計其數，乃必要的折損，你篤信不移。

怎麼現在時局驟變，扯上政治，就成了墮落？

你們那世代的寫作者，多是在學時參加文藝活動結識，要不就是幾個輪番於文學刊物上出現的名字。你們懵懂青澀，跌跌撞撞寫著稚嫩的字，交換輪讀，告訴對方喜歡哪一句、哪一個意象，坦率分享欣賞之情。大夥在茶餐廳戳著檸檬茶，熱切討論哪個文學獎將要截止、哪場文學活動要快登記、暑假時有哪個作家辦新書發布會，在港島呢，要不一同坐船渡海，多涼快。

那是一群人最無慮純粹的日子，也許是這些閃亮質樸的時光，讓你時把文學與微小日常的生活感悟、安適、不帶過多雜質劃上等號。

寫甚麼不重要，重要的是繼續寫，一直寫。寫本身就讓你愉悅好過。這不是說，你無法理解那些家國歷史身分政治的龐大書寫，但就作為讀者細細品味，為之驚歎落淚憂傷快樂感動，自身創作卻難以糅入。

太肉緊，太貼近，會傷身。

之於寫作，你無甚野心，把老作家早年的話奉為圭臬：「如果我們用好看精緻的字作為眩惑，意圖潛越邊界，代言甚麼人或東西，那將是，非常危險的事。」

是的，你恪守本分。

倒是文友們，日子久了，完好白淨的卵沐浴於各種養分品味下，漸次孵出的想法各異，美學與價值觀存積成形，紛爭易起，且不免牽涉競爭比較。有人屢獲大獎卻被譏為獎棍；有人不屑機制（實則多次落第）發誓閉門精煉，終歸不了了之；再者的，無非是得過一些榮譽後自覺寫作實為興趣，無可無不可，要不慢慢淡出，要不偶爾才在文刊亮相。

真正堅持寫下去且熬出頭來的，大多踉踉蹌蹌，捫石渡河，痛挖肉身拷問靈魂後的僅存者。（然實際上也沒甚麼可敬可仰慕的，人到中年，你總或多或少知悉他們年少或現今一、兩樁不得見光的祕密。）

啊忘了，還有一列是像你這般，以經年務實不懈的堅持換來一些曝光與機會，編過一些書，講過一些講座，教過一些寫作班，出版過兩本書（但連友人都不大記得起是小說還是散文），同儕間評價不高，給你的客氣標籤是：「勤奮的教師作者。」（你知道苛刻的文人間對「作者」和「作家」身分距離總有嚴格把關，特別是你後來還去了當教師。）

你對這種評論感覺不大。大學期間得過一個文學獎三甲，友人半開玩笑地說：「你知道你會得獎，是因為那些真正厲害的人沒出手喔。你知道的對吧？」

你知道，這是一個雜陳紛沓的大染缸。

※

群組訊息被框在薄薄的手機內震個不停，一再隔著褲袋磨蹭刺擦你的大腿，像一隻不安分的小獸。那時你陪同學生等待面見律師，一腔過於激昂的憐憫和憂心誘使你落下輕率的安慰：「別怕，我會陪著你。」

話語如閃閃的玻璃碎末，撒放姿態極其好看，滲刺予人卻隱隱生疼。學生訕訕反諷：「陪？怎陪？」

你即後悔，懊惱油然逸出的漂亮話，乃因職業病還是寫作慣性使然？電話震動，群組的瞎聊對話，與其他支援小組的重要訊息間交錯，甚至標註你。

群組內七嘴八舌，揣測老作家離開緣故，是惹上麻煩要脫身，或怕槍打出頭鳥，畢竟近月出版社、媒體、平台相繼倒下——一半被抓捕，資金凍結，再難經營，一半有見及此，先來個自行了斷，好遣散員工，轉移資源。

有人問，會跟繪本的事有關麼？

即有人要求發言者自刪留言。要知道通訊工具多不可靠。

發言者似乎不爽，譏對方要不要怕到這地步，被下咒了？提一下會死？

為了化解僵局，有人標註你：嘿，猜那麼多幹嘛，直接問親生兒子就好了，眾人附和。

多年來圈內一直流傳，你乃依仗對老作家唯命是從，才獲得如今位置，不高不低，普普通通，但談起你這一代寫作群，總不免有你的名字。確實難怪，你與老作家的關係千絲萬縷，多年來與他合編書刊、擔任文學獎評審、共教寫作班，合作無間。

譬如自大學那次難得的文學獎三甲後，你已再無得獎，投稿總石沉大海。在猶豫要否寫下去時，只有老作家以雜誌電郵一直回覆，告訴你作品優劣之處，指出該修地方，幾無吹捧盛讚。有時你寫得滿意立馬傳去，幾天後他緩緩回覆數字：「嗯，可用。」已如霧中火點，教你願意接續弱弱燒下去。

你知道外間對老作家的感冒——他總在編雜誌，編各種名目的雜誌，都旨在暗渡陳倉做文學。今天冒出這本，月後又有另一本，年後竟更如雨後春筍紛紛長出，刊物名字千奇百趣：《捕夢手》、《隧道》、《影樹文藝》，更甚者如《奶蓋綠茶》（據說是為了貼近學生）、《新粵刊》（由粵語推廣團體贊助），眾人皆佩服老作家的生命力，嘖嘖稱奇——撇除內容、質素——甚至審查。

老作家的個性像野草，放哪都能生，運用多年結下的人脈資源，積極申請各團隊機構組織補助、基金、贊助、推廣計畫，哪裡有資金哪裡就有他的身影，一人扛著過舊的筆記本電腦和字體老派得讓人吃驚的簡報挨家挨戶去匯報、推銷、游說。

大學最後一年，你以實習生身分，協助修訂其慘不忍睹的計畫書、簡報、版面設計，笨拙學著演說技巧，從零開始邊做邊改。在被奚落、拒絕和詞窮裡自我質疑——彼時喜歡書寫的純粹，是否在磨人細碎的行政程序裡被徹底消耗？這樣做有意義？

同輩人暗裡批判老作家的做法，不精銳、不深造，漁翁撒網般無間斷生產的雜誌不過是家家酒，兒戲且影響作品質素——主題龐雜，把關審稿的人手不足，一批批刊載稿件幾無美學高度，更糟糕者進入市場、學校、大眾視野，或教人以為文學即如此平庸。

這是精英主義。

另一群敢言的年輕作者則針對資金來源，拿補助，自然得端看資助者要求；相較技巧和質素，更多考量的是題材問題。他們在網上抨擊，正義凜然，這是自我限制，吃人嘴軟，拿人手短，今日割五城，明日割十城，然後得一夕安寢。

你內心難受，站在道德高地者總能一身安舒，隔空嚷嚷，輕易落下判斷，且纖塵不染。

老作家倒顯從容，在某期「編者的話」裡坦然回應，標題為〈有燈自有人〉：

「本地人口不多，兼之夾雜族群多元及人口老化問題，愛好文學者基數多少，大家皆心知肚明。世人常以華文甚至世界各地區比較純文學銷售市場，這是不公平的，人口比例及經濟型社會確是本地文學推廣的先天致命條件，故文學要夾縫生存，必得仰賴撥款支撐，才能接續存活。若當下的市場，讀者購買力能足以養起整個創作生態，那自主當然是沒問題的，我無任歡迎，然而事實似乎並非如此。

談熱情和精英主義，我年輕時也曾自掏荷包自編刊物，近似同人性質。惟不過圍爐取暖，幾回虧損下來，同志們熱情褪去即無以為繼，人走茶涼，談何推廣？

如今取獲撥款的做法自是權宜之計，旨在撒播文學種子，發芽、植根、開花與否，我一概不知，但做下去，總是該當的。人來人往，創作者如浪，一波翻來一波覆去，總有人開始寫有人就不寫，但不變的總是需要發表園地。

如提一盞燈，有燈自有人，有人就有光。雜誌的存在意義，不過如此，不外如是。」

有燈自有人，有人就有光。

你深受憾動，沒理會議論者的接續狙擊（他們批說此為閃爍其詞，以漂亮話唬弄過去，未有直面審查及美學問題），並因幾封申請補助獲批的通知，新晉作者、讀者真摯綿長的來信，更確信，相較寫甚麼、怎樣寫；寫下去、發表園地的接續承傳總是更顯重要。

直至年輕作者在清晨被捕，直接還押，不得保釋。

明微的小說，你是讀了。幾個文友湫團，湊合訂單，網購快遞宅配到家。

※

「現在總是如此，記錄香港的作品，再難在香港獲得。」一個評論人談這本書時這樣寫。近年這種貼上香港主題的創作總不免有類似的宣傳策略，紀錄片、訪問集、評論集、攝影集、電影、詩集——然後是明微的小說，在變故發生前後，一窩蜂牧羊似的趕在臺灣出版，再以微妙而低調的方式回流香港。

果然書剛開售就引起恐慌性搶購，如年前爭口罩和消毒用品般，越怕短缺則購入越多，更曾在購書網排行榜衝過上首十名，一時哄動。後來你在本地書店仍見此書上架，證明虛驚一場。（甚至再過一陣子，你已在二手書市場看見小說流出，且不只一本。）

小說寫一個生於後殖民時期，於香港出生的九十後女子如何因其家庭背景，而建立深厚國族身分認同，自小隨父母回鄉，且因語文成績優秀而多次被提拔到國內參與交流活動：北京、上海、西安……她喜歡追看內地網絡小說及綜藝節目，愛用QQ、微信、微博；高中至大學初期也常與同學以背包客形式到內地自由行，雲南、昆明、張家界、香格里拉、西藏……

她說得一口流利翹舌的普通話，之於中港融合，毫無芥蒂。

直至女主角交上於澳洲出生並在回歸後隨家人回流香港，對社會及政治狀況一頭熱的男友，在磨合、爭執、討論、學習，一同經歷幾年來的社會運動、時局變化後，立場開始鬆動游離。自此，女主角原來穩健鮮明的世界觀、價值觀與身分意識在反覆的衝突中往復沖散重構，不得不面對各種命題：小我與大我、邊緣與中心、手段與目的……

情節以本地不同新聞事件、主角身邊的人情物態串連推進，點出思考，確有野心。書的前半部，寫到男友於運動中被捕，同時女主角逃往臺灣，在深夜的機上望著窗外漸趨微縮的香港土地，戛然而止。

「……這麼一瞬間，她原以為燦爛耀目如繁星綻放的香港，因距離越遠而越來越小，她拚命湊於窗邊俯視大地，貪婪地要以眼瞳刻下印記，以餘生去回味。

然而，或許因過分用力，突然一陣噁心襲來，她竟覺得滿布於漆黑中的所有光點，交錯於版圖時，似斑駁的癬，閃閃具侵略性，寄生於大地上，直至吸光養分。」

這已是你重讀的第三遍，仍覺悚然心驚。夜風翦翦，自書房沒關的窗透進來，吹拂得你頭有點疼。妻時時念你，準是年輕時洗完頭不愛吹乾，仗著年輕的本錢撒野，如今好啦，偏頭痛，看，老了總是得還的。

那些——那個孩子，他們也因仗著年輕嗎。

（噓，小說是虛構的，你如此說服自身。）

畢業後，你隨老作家在文藝界打滾兩、三年，養活自己綽綽有餘，要成家，倒是難。女友和家裡是急了，連番催逼。老作家何嘗不知，介紹你到中學當代課教師。你戰戰兢兢待下來，起初只當短工，教下來發現，這些年學來的演講、寫文件、編書、教班的技巧竟都能應用於課上，且與學生相處融洽——你喜歡孩子，他們比較純粹，褪去心防後，就願意向你滔滔不絕般表達自身。

你時為其坦率闡述的遭遇難過，或為其生活瑣事高興，為其情感而起伏——每個孩子都是一部耐看而真誠的書，你冒出如此感悟。

還不會覆上一層堂皇書衣，誇耀其詞，讀來卻虛偽齷齪難耐，你心裡補充。

代著代著就待下來。你全職當教師，與女友同居，結婚，生活趨向穩定，更能置業買車子。你仍會與老作家合作編書、當文學獎評審、聊寫專欄，甚或分擔責任。你向他推薦一些舊生可分當雜誌編輯，形成學生團隊，也為圈內培育後進，介紹了明微和黎清兩姊弟。

黎清是你的高中學生，我行我素，是那種自小泡在圖書館裡早年已把多部文史哲巨著啃掉，以為世界觀已蔚然成形，有點恃才傲物而讓大人頭疼的類型。在投稿幾次成功，又得過一些學生文學獎後（多以技巧和語感取勝），他問你下一步要怎樣才能成為作家？寫得多？寫得快？組織和論述能力夠好？

也許先要的是，觀點別那麼絕對強勢。他不置可否。

原以為把姊弟介紹予老作家，讓其了解文藝生態運作，策畫專題、聯絡、組稿、回覆電郵裡，可學到些人情世故，莫再緊鎖於理想且被語言包裹迷濛的文藝世界中，應能掰出縫來。

你沒想過弄巧反拙。

孩子確是初生之犢，有抱負有想法，與你年少時瑟瑟不安地寫著迥然不同。相較在體制內叩叩撞撞被反覆吞吐，並最終被消化成為一員，「那孩子卻是誓要持著繡花針去刺鯨魚的胃。」日後你與老作家道歉時，他如此慨嘆。

黎清與老作家鬧翻了，不留情面地。許是高中時有過不愉快，你沒想過讓他進圈裡辦事，反激起他對種種陳規做法的不耐，反應很大，儼如踏進了甚麼迂腐的泥濘深沼，對「妥協」、「將就」、「自我限制」全然無法接受，對文學長久抱有近於飄渺的孺慕之情散如浮煙。你心痛又怒，怎地不能隱忍過去呢，誰不是這般一路走來的。

你自然更不清楚，新生代的動員與行動力，在網絡和科技號召下，何其迅速巨大。

黎清與多名學生編輯一同退刊，外加幾個年輕作者，十餘人成立文社，清晰陳述創作觀，立社宣言寫來頗為挑釁，「破舊立新」、「為當下文學界闢出新路」、「新時代需要新的聲音」，具反動意味，旗幟鮮明。（群組內竊竊說，這是聰明做法，要在同一場域裡爭取話語權，最快自然是建立說法、論述、獨特性，把自身一派區別出來，透過組織和群體性儲蓄文化資本。）他們集體投稿、參加文學獎，與其他機構合辦寫作班、文學營、招收學生。（這是把老作家的一套發揚光大，且操作、包裝、宣傳策略有過之而無不及。）

文社不諱言文學與政治、議題、社會的關係，更提倡「生活即政治」的說法，收獲許多血氣方剛的青年追隨，幾幾高舉「筆桿為武器」。

（然而就作品質素而言，坦白說，窮有一腔熱血憤慨，卻是寫得不怎麼樣。）

你在學校和穩定位置待得太久，當下才訝異於年輕寫作者的野心、帶有的後設意識與行動力，步履清晰具象，竟無意依附老一輩作家。想你年輕時，羞羞澀澀地寫著情詩，稚嫩的小說，一遍遍參加文學獎落第仍堅拗地寫；如無頭蒼蠅為所有文學活動疲於奔命，講座、工作坊、新書發布會、創作班，不願錯過任何一場。

嘉賓於席上突如其來的一句模棱兩可的話彷彿神諭，把你如蒙啟示般感動得唏哩嘩啦。你懵懵懂懂且囫圇吞棗般抄著筆記，恨不得把活動的一字一句煮成湯餬灌下，或熬作浴漿浸泡。（儘管那些厚如褥墊的筆記，你少有仔細翻讀。）

前輩們對文社作風頗為感冒，批評其作品質素參差，培養出大批只講求意識形態，漠視美學的吶喊式八股文。「只懂大聲嚷嚷，控訴政權、不公義、迂腐的群眾——走不遠的。」他們倖倖地說。

你突然覺著，進退維艱，你不夠老也不夠年輕。

週末，你與老作家茶聚。你羞愧忐忑，他倒顯自在，為一壺鐵觀音加水，竟先主動提起明微：「我以為她會一併離開雜誌，沒想到願意留下來，處理編務。原來她是那女校的舊生，可惜我那時時間不對，沒碰上。」

你點點頭：「她性子也剛，但沒那麼衝，比較沉穩。」

「你也別太誠惶誠恐。文學、創作圈子之於這城市，就似小茶杯之於一家酒家。」他手腕微晃，杯內棕色茶液即如蒙浪嘯，幾根茶葉梗撞上杯壁：「哪管你在內翻天覆地，驚濤駭浪，皆不過茶杯裡的風波。端坐桌上的食客、川流店家的人們仍是出出入入，無甚所謂的。」

多年來寡言的老作家竟此般直白自嘲，如彈珠覆盆傾地，你不知如何應接。

「黎清那孩子，我也不討厭。雖鬧了這麼一齣，但有魄力終歸不是壞事。只怕太衝又沒把握，就似繡花針戳東西，不痛不癢，吃虧的反倒是自己。」老作家夾了一件蝦餃。

不過兩、三年，一語成讖。

※

你再三翻看序言，「時局丕變」四字，確是用得謹小慎微。

這幾年，人們如店家食客，出出入入，有國籍和本錢的到歐美，較不願離開安舒圈或習慣華人文化的則到臺灣。一年下來吃告別飯、幫忙收拾、轉贈物資、到機場送機倒成日常。群組內的文友走了四、五個，時在社交平台上載新生活照片，伴幾句「留取有用之軀，他日再會」、「讓我城文化遍地開花」，私下則在群裡抱怨水土不服，食物與交通系統難以適應，語言障礙下鬧出的笑話。

你如常生活，早起，準備教材、上課、改作業，利用課餘空檔與社工及學生家長聯絡，有時陪學生上法庭，或到羈押所探望，送些物資，隔著玻璃通話十五分鐘。

時間盡灑在家庭、工作、學生們、被捕的孩子上，你少有寫作。

不僅是你，身邊不少友人放棄出版作品。有些集結作品後幾番修訂，琢磨用字，後來乾脆作罷；有些是出版社要求刪稿，與之鬧翻；有些如你與老作家編的書，與資助方來往幾次，對方態度散漫，你們累了，自撤計畫；有些是見過鬼，怕黑了，怕得不寫——也是，畢竟黎清被還押的新聞，平地一聲雷，轟得大家頭昏耳鳴。

那新生代寫作群僅維持約兩年即告瓦解，主要由於學生們紛紛畢業，文社內部無甚凝聚，確是熱血燃盡後，則怠懶闌珊。（你曾聽過一些流言蜚語，說其中原因是由於黎清太強勢獨裁，事事要手執大權，不滿其他人拖後腿，漸漸眾叛親離，成也蕭何，敗也蕭何。）

饒是如此，黎清仍志氣日盛，有抱負、主動、具行動力。

運動發生後，新聞裡盡是看得人難過心酸的報導，具同理心者皆竭力思考定位，想找出自己之於這場運動的位置與意義，群策群力。饒是保守如老作家，也破例在雜誌上組了一個名為「時代」的詩輯。但文學終是無用之用，未幾即被網路批評為「消費血淚」、「人血饅頭」。

「有空在冷氣下寫詩，怎麼不出來搬鐵馬？」你最深刻的留言。

黎清呢，許是不甘如此，開始在網上連載敵托邦故事，一週一回，離不開英勇主角反抗壓逼，更有暗殺警衛、拯救抗爭少女、團結民眾的情節。主軸總是正義必勝，獨裁的邪惡方終將倒台。

作品爆紅，月內即出版單行本。

是的，虛構的勝利總能攫獲支持。你明白，當下時勢，人們需要精神鴉片豢養身心，需要支撐下去的希望。

再來，他在專頁上連載繪本，以野豬和花豹為主角，壁壘分明，角色性格簡單，旨在創作小孩也能明白的反抗道理。

爾後因暢銷而成為系列：《花豹的陰謀》、《失去的獠牙》、《野豬的逆襲》……簡單得不用掀揭，只從書名已能得知接續發展。赤裸裸的，撇除脈絡語境，單純的正邪二元對立

有書店借出場地，邀請家長與子女出席，供說書人向孩子們演繹作品，壓捏嗓子，繪形繪色，反覆提問具指向性問題：如果你是野豬，你會怎樣？你覺得花豹壞不壞？為甚麼野豬們會失蹤？

在惡與苦難跟前——他們已被逼得——需以極端民族主義餵養後代麼？

你與黎清吃過幾次飯，他興奮告訴你，繪本皆已賣到多次再版。多少家長、讀者、學生發訊，表達對作品的喜愛，感謝他為大眾發聲，儼如英雄。

他那麼快樂，為自己覓得創作之於時代的位置而極其振奮，這是他的結論。

你不忍戳破任何飄飄然的薄泡，一枚也嫌多，硬硬撤下本欲苦口婆心勸導的話——

又有甚麼可勸？告訴他這不是寫作的意義？時代與文學的關係不該如此？那又該是怎樣？你要如何闡述，又如何證明——你的說法高於他的？

罷了，創作的意義終究毋分正當與否，不過成全自己。

幾個月後，年輕作者在清晨被捕，直接還押，不得保釋，至今已逾多月，控罪為「串謀刊印、發布、分發、展示或複製煽動刊物」。

老作家說，繡花針戳東西，不痛不癢，吃虧的反倒是自己。

一語成讖，不僅黎清，老作家也不例外。

有天，你們完成一場文學獎評審，但主辦單位仍希望多選幾份候補作品。你和老作家不明所以，職員欲言又止。

「若正選名單生出甚麼意外，我們也可……也可遞補上去。」

「有甚麼意外不成？得獎者人身出意外？」

「不、不是。是我們無法預料，可能出狀況那種……」

你嘗試打圓場：「還是甚麼抄襲、已發表、一稿多投那種意外？」

「那就直接取消啊，能出甚麼亂子？」老作家隱隱就要發作。

職員面有難色，吞吞吐吐下道明：「如有甚麼踩紅線的，怕且得遞補了。」

不說還好，戳穿了，老作家氣上心頭，連說不評了不評了。何必呢，選上的不能得獎，沒選的又說成是我們選的，這不成，我扛不起。

「罷了，乾脆從缺，開天窗吧。這我倒是扛得起。」

你沒見過老作家發這麼大脾氣。多年來他面向資助方、出資者總是內斂嚴謹，不卑不亢，這是他在狹縫間經營文學的生存之道。然而現在無縫可入，容不下一個轉身、慧黠的閃避，連躲藏都不被允許。

所有扭得蜷曲彎拗的小徑、巷子皆被坦克開入，輾平如泥，拓成必須被看見的寬路，一覽無遺，絕對開揚的康莊大道。

你們終告明白，多年來在資本指縫間，在紙頁間藏一根繡花針的企圖，實為自欺欺人，只消對方一捏，即碎如粉末，不由自主。

仍有不欲放棄的寫者，擦邊球般，描摹彼國的苦難、恐怖、威權統治，從同質裡攝取同質，自我安慰或填補般想像。

然後連想像也被取消，直陳的敢死隊遭剿滅後，躲在巷間作掩護的意象、想像、隱喻自然浮面。然後無傷大雅的小丑被禁止，幽默被禁止，連肥皂泡都被禁止，一切變得絕對確切。

把想像、好玩、曖昧、含糊全都處以死刑。

「媚俗，這是絕對的媚俗。」你年輕時抄過的昆德拉，如今始悟。

後來老作家也離開了，多年來你待他如父親般畢恭畢敬，在告別會上，幾近哽咽。眾人以為你言溢於表，你難過的實則是那終告結束的雜誌園地。何其篤信的「有燈自有人，有人自有光」，這些年支撐著你營營役役跑著的教育與雜活，如今油盡燈枯，迷途的孩子要怎樣尋光？

寫甚麼不重要，寫下去才是。老作家的勉勵，是過時了，抑或你本身難以堅定？

※

近年，教育局重新檢視及修訂教程，以撤走不夠穩妥的教材。為此，去年語文科重訂課綱，於日前公布新課本篇目。這天是官方主辦的發布會，排場很大，邀來各校校長、主任、學生和官員、幾個作家，濟濟一堂。開始前大家相互寒暄，打招呼，交換名片，彼此道賀。這是留下者活著的方式。

你的學生們吱吱喳喳揮著場刊，連番戲謔吹捧，老師成名了，大作家。有的口不擇言說，這樣你就跟那些死了的古人一樣登上課本了，多厲害！

接到通知一刻，確是驚喜。年輕時發表過的一篇散文，獲編入當局課綱的建議篇目中，與多位大陸作家並列。換言之，往後全港的莘莘學子都會讀到你的作品，這不就是經典化的一步麼？

回望這十多年，你磕磕撞撞地寫，這次被選上，儼如寫作經年的堅持，終於獲得肯定。你難忍興奮，把消息告知妻子和同事，在一片恭賀聲，驀然想到——那接下來呢，要告訴誰？

還可以跟誰分享？老作家？那孩子？抑或已分散各地的群組文友——這對他們來說，是一個值得喜悅的消息嗎？

一陣悲哀如波紋，泛濺出動搖和質疑，特別是妻子激動反問你被選中的篇章內容時，你竟語塞——一篇單看題目，根本無從記得創作過程的散文，接近於練筆用的抒情小品，意識正向，結尾點出教化意義。

遙望前列無人的嘉賓座，你曾想像，你、老作家跟那孩子坐在一起的情景，三人作品皆被選編，一同進入普及教育的視野裡，真正海納百川。屆時黎清或會不屑地反唇相譏，與老作家拌嘴，你則在旁協調，抹一把冷汗。你曾擔憂的畫面，卻成了永不可及的冀想。

驀地一陣澀酸，幾張無人座席，你心裡說不出的扎著空虛。該死，竟又聽到昔年文友的戲謔：「你知道你會得獎，是因為那些真正厲害的人沒出手喔。你知道的對吧？」

你從未懷疑自己資質，半生在寫作路上以勤勉補拙，無甚激昂大志。然時局如此，離留之間，寫與不寫之間，皆催著人必須選擇。

然困惑無解的是，之於時代需要的寫作者，是怎樣的寫作者？

你卡塞在尖端與末梢間，搖擺不定，自覺不夠老也不夠年輕。

燈光微暗，台上局長致辭，熒幕投映，講座開始。

你旁邊的少年上月獲釋，相較其他聒噪的學生，他很快把場刊翻完，卻並未專注台上表演，反掏出小說悄悄偷讀，書頁間黏上便條貼，略略皺褶，似已翻看多遍。

看到封面，你赫然一驚。

「好看嗎？」你問他。

這回輪到他嚇了一跳，看你沒斥責之意，緩緩說：「嗯。朋友向我推薦，說它用小說方式梳理香港歷史事件，很有野心。我覺得前半比後半好，下部寫主角去了臺灣後，沒那麼好看。」

「我也覺得，」你眨眨眼：「有點太沉溺。」

少年更驚奇：「老師你也有看？」

一股熱度如閃電般鑽上心頭，你驀地下了決定：「講座完結後有哪裡要去嗎？我們不妨找個地方坐坐。」

如同你在電郵寫給明微的，這並不是說你會自此絕言於這本書，不是噤聲，而希望在掛名推薦的形式以外，用你自己的方式講及它。沉默或發聲，寫或不寫，離開與留守，你相信的文學，正因無用，容讓曖昧，才有自由，有鬆動的出口。

你並未食言。

愛人

我有一個壞掉的故事，我的故事只能被敘述一次。

我無法描摹它的內核，所以我嘗試從外圍開始。

1.

有時候我會後悔當初應否擅自把明微傳給我的小說稿件，悄悄投到認識的臺灣出版社編輯信箱，畢竟我自以為多推一把的善意，似乎弄得兩敗俱傷——簽約後，明微的小說寫不完，總在拖稿；編輯朋友一直催，也不好意思地笑說自己是個煩人的追稿狂，無奈上頭也在催他，老問進度。

有次我跟編輯朋友喝酒，他仗著醉意告訴我，主管的話是：這樣下去，議題退燒，沒人關心，誰還要買書，虧大本啦。

我想，哪怕議題熱度怎樣，出版本身就是件虧大本的事。

編輯朋友叫我行行好，幫幫她，要不代她寫一點吧。反正都是寫香港，你都是香港人嘛，記得你也寫過東西？古有木蘭代父從軍，今有男友代筆寫字。哈哈。

這話的意思好比香港人都必定會沖絲襪奶茶；會從摩天大樓外牆嗖聲跳下，飛簷走壁；會用廣東話髒話利索罵人祖宗十八代一樣刻板。這幾年，「香港」兩個字似長滿細刺的器皿，盛載甚麼不重要，底裡材質不重要，重要的是誘人、刺激又危險。不敢用的，端詳一番，好奇卻難為外人道；不怕的，灌進去，填滿想像，甘之如飴。幾年間報道、影視、訪問、音樂、藝術、出版物，百花齊放，有市場，自然有代言，有特別待遇。

有一回，我在夜市買地瓜球，口音被老闆娘聽出來，問我是馬來西亞還是香港人？我本想訛稱前者，以免除不必要的搭訕討論。但老闆娘已快快接下去，香港人對不對？唉辛苦你們了，香港加油！我說我不是——不是甚麼，不是香港人？不是她想像的偉大香港人？不是經歷苦痛的香港人？但她眨眨眼，擺出一副「沒關係，我懂的，不能說的祕密」的理解相，遞來食物。

這種眼神，往後我隨著明微去做訪問時，見過很多遍。

為表支持，老闆娘把中份地瓜球免費升級成大的，讓我吃得不太自在。畢竟尷尬的是，哪怕是被凝視的受害者角色，我也擔當不起——我在這裡好幾年了。運動最慘烈的半年，我頂多通宵看直播，隔著屏幕看那些怵目驚心的畫面，或在港人朋友群組內看他們呼籲遊行及行動，卻搭不上話。

那期間，臺灣撐香港的口號到處皆是。我頂多和幾個同學自費印了批貼紙、海報和單張，在校園內擺攤，小型遊行，呼籲連署，置了一片連儂牆；又設計些小道具，如雨傘、手繪口號、黃色安全帽，供同學拍照打卡，以示支持。

幾個人在宿舍熬夜，用美工刀剖割寶麗龍，一刀一刀，手指被糨糊黏得稠稠，飛蟻和蟲子拍滿窗網，落地蠕動，蟻翼脫於陽台，似薄薄的海苔屑。

沒有更多了。哪怕只有一個半小時飛機的距離。我沒有回港。

我永遠不會知道血、汗、催淚彈、監獄、奔跑的滋味，我也不可能知道明微經歷過甚麼。

關於明微，我該怎樣說呢。我們從前是見過的，那時她跟弟弟辦過文學社，聲勢很大，我曾是成員之一。文藝青年嘛，誰沒個裝模作樣的過去，我也以為自己能寫，一段時期勤於發表，得過幾個獎，以技法和語感取勝，覺得能唬弄別人，不免沾沾自喜。可惜文社最終解散，我自問不是勤奮的作者，也漸漸棄了筆，日久生疏。

接下來，大家都知道她弟弟的事。

後來她考上我所在系所，當上我學妹，與我跟隨同一位指導教授。教授專研臺灣現當代文學，特別是日治與戒嚴時期的創作，年輕時曾參與一些社會運動。這學年第一次會面，明微就臉不紅氣不喘說，她想寫作，但很多關於書寫的問題，她沒有答案。

她想試著寫一個小說，關於香港和臺灣，以一些人物貫穿。一個成長期間具強烈國族歸屬感的主角，在歷經香港幾次如狂風的社會運動後，身分認同被重創得四分五裂，並在二〇一九後落走臺灣……

「為甚麼是臺灣呢？」教授問道：「因為妳來了這裡？妳喜歡這裡？還是覺得香港和臺灣有可比性？」

這幾年，臺灣之於香港，很多人拋出名詞指向，共同體、避風港、烏托邦，但這些詞語的內核是甚麼，沒人搞懂。要展示一地的苦難，市場不夠大，受眾不夠廣，只好把脈絡和殊異削鈍，好使形狀矩平，方便嵌接更廣義的價值。好比為了促銷蛋品，把明明大小不一的雞蛋、鵝蛋、鴨蛋，連鳥蛋都放在一起，統統歸納為「脆弱的蛋」。

明微搖搖頭：「我覺得，把看似類近的事物置放於同一宏大的框架，有時讓人連結，但有時，是很暴力的。」

教授不是那種以觀點強硬輾壓學生的老師，她傾向提出問題：「這是妳關心的所在嗎？」

明微抿了抿唇，謹慎斟酌用字。

「虛妄的凝視。」

會面後大家都餓了，我騎車載明微去吃烤串。她國語不好，點菜時轉換不來，要「烤菠蘿」、「雞翼」、「豬頸肉」，老闆一臉懵樣。我補充，啊，就鳳梨、雞翅跟松阪豬。

明微問我松阪是日本哪裡的縣市，她只聽過松阪牛，鹿兒島黑毛豬和沖繩阿古豬，倒不知道松阪豬也有名。

我說不是啦，松阪豬就是豬頸肉，跟地方無關。

她問，好像揚州炒飯跟揚州無關，香港腳跟香港無關那樣？

對對，像菠蘿油跟菠蘿無關，香港加油跟香港無關。

那在臺灣，要不要更名為鳳梨油？她說，多麼微妙，一樣的字和概念，但指認的方式和表達，卻會帶來誤差。那麼，類近的苦難和創傷，我們可以借代嗎？

她說她是為了繼續寫而來的。

怎麼畫風突變，我接不住。

喝得有點醺，明微沒頭沒腦說，其實她知道我，讀過我的小說。她提到文社，幾個人和雜誌的名字，以及我那時發表頻繁的小說，後設、非線性跳躍、魔幻寫實、意象經營、多層次視點……種種敘事實驗，她覺得很有野心，是練筆與精進技術的試作，並問我怎麼反而不寫了，這種寫ＡＩ、後設、（後）

現代主義的敘事創作，在臺灣應該很吃香。

我幾乎想掩住她的嘴，讓她別提，從這荒山邊緣把她踹下去，連同過去一併抹消。所有組織光輝團結的剎那，都不過為映出爾後潰敗、內鬨、鬧矛盾、爭執有多醜陋難堪，幾年後恍若城市命運的演示。我不欲面對。來到另一個地方，以我熟悉而陌生的語言，指認生活。

更何況，寫作本身就是虛妄的事，自恃獲許救贖，只是自欺欺人。

我會的東西，僅僅是，在無處可避的鬱悶下，賴以為慣常般，讓小說成為我逃逸的工具，非常狡猾，理所當然。我不想這樣，無法再寫。

但明微突然蹦出來，問我，還有沒有寫東西。她說我們剩下能做的，不就是盡力做做自己會的東西嗎？

2.

文學系所，總有人讀多了，心癢欲寫，生出一群立志創作的同學。友儕間會舉辦作品討論會，相互砥礪切磋。表面是匿名方式，若多去幾次，大概認得筆法，作者誰屬，心裡有個盤算，只是誰也不戳破。

我曾參與幾次，主要對新生代的臺灣同學會寫甚麼題材感好奇。幾回下來，覺得有點微妙，不在作品質素，而是大家對會上意見的看重程度不一。這又牽涉到與會者怎樣看待自己的身分，是讀者、研究者、創作者，還是評論者？意見是基於一己喜惡，還是文學觀，乃至價值觀的異同——看得開的自然懂得衡量；比較糟糕的是煞有介事，照單全收而招至自疑。

明微似乎是後者。（這也不能怪她，畢竟這又多了一層身分政治。）

那次討論會，同學們談到一篇關於香港運動的小說，講述由四、五個少年組成的抗爭小隊，在現場失手被捕後，如何選擇前路。

作品先以近乎戀物及細描形式書寫抗爭者在現場的分工，挖磚（磚頭的質感顏色、挖撬的力度、拾握時的重量）、拆鐵欄（所用扳手的尺寸、拗扭螺絲的動作、其他人左右甩擺的協作）、人鏈傳送物資（雨傘、索帶、水、藥物）、噴漆塗鴉（包括錯別字釀成的笑話），連後排製作燃燒彈（包括麵粉、洗衣粉、汽油、砂糖及玻璃瓶）也寫得一清二楚，並把前方黑衣蒙面者接過後，身體折曲、後仰、踏前、前臂與手腕扭轉投擲的角度與姿勢，都記述下來。

非常偏執，似要把全景和特寫都要描摹至定格，貪婪得想把整個運動境況吞嚥下去再以工筆般重塑，如《清明上河圖》般氣急敗壞要盡攬全景。

接下來又以極長篇幅分別敘述小隊各人被捕時迥異的情狀，在前線奔逃時被粗壯手臂從後勒頸；躲在暗巷被槍指嚇跪下就範；與大群抗爭者被圍捕默站——從動作、環境、被捕青年的表情、反應到內心獨白，皆逐一描摹得鉅細無遺。

同學說：「起初還努力專心讀下去，但——真的，篇幅太長，要表達的主題似乎有點重覆。讀到現場分工那部分，我會思考，這些都是我們在新聞上看過的片段——也許沒這麼細緻詳盡，但大概有甚麼角色，也是知道的。而讀來又沒甚麼新的觀察或變化，就覺得，有點冗長了。」

另一個同學附和：「其實，寫被捕人那段，我看到第一、二個少年被抓時，覺得啊真的很慘，有同情他們；但讀到第三、第四、第五個人被抓時，就會困惑，所以這跟前面的有甚麼不一樣嗎？抱歉，讀到後來，我真的只在想，怎麼還沒完？還有多長……」

事實上，大家都知道，那是明微的小說。說回來，千萬別誤會同學們都不近人情，大家平日裡都頗為要好，立場上也非常支持香港，但這是小說作品討論會——場域不同。在作品跟前，畢竟蒙上一層「虛構」的安全屏障，血淚、苦難、經驗，並無所謂資格論的優越性，都是題材取向。能論斷的，只有美學，絕對的美學。

一個直白的同學說：「我覺得吧，書寫之先，要先辨清：創作的藝術性，以及創傷下的迫切書寫。確實，事情發生了，原居地陷落了——在經歷非常可怕的體驗後，容我殘忍追問——所以呢？然後呢？面對沉重的現實，文學的功用是甚麼？」

然後？我們又不是先知，怎麼知道。我連明天的早餐吃甚麼都無法決定。

唉，我怎麼心裡答腔了，這是寫者們的創作討論，而我是不寫的，這與我無關。於是我問問題：「大家怎樣看待創作的藝術性？有甚麼例子嗎？」

其他人翻了幾篇，不約而同提到一篇技術和內容糅合相宜的作品。

故事講述靠小聰明混生活的大學生主角流連夾娃娃機店，相較精緻娃娃或模型，主角卻偏執專攻盒裝洗衣膠囊，透過抓完轉售圖利，比當工讀生更賺。

然而作者刻意營造，主角本人只負擔得起劣質洗衣粉，不曾用過膠囊，因而深色衣裳常年蒙上一層白散的粉，有夠邋遢。後來在學業、人際與作者在前段精心埋藏的伏線下，主角那勉強維持平衡的生活終告崩塌。

結局裡，他發瘋似地把身上所有錢花光，砸在夾膠囊上，誓要把全機清空。他抱著多盒洗衣膠囊回家，全數倒入洗衣機，甚麼都沒有就開始洗。

最後，爆綻出來的肥皂泡像一隻虛弱的獸，從機蓋竄逃出來，軟而凌厲，朝坐於椅上的主角背影撲去。

同學說，小說把夾娃娃機那種僥倖，看似講求技術，又需要幾分運氣的特性，貫通至主角瀕臨毀壞的生活秩序中，驚險且微妙，最後的激動行徑與肥皂泡的反撲，在情節設計上有匠心，肥皂脆弱的隱喻也能回應夾到與落空的懸而未決，非常不錯。

「文學不是良藥，若寫作是為了存記，我為甚麼還要看這篇作品？」那直白的同學總結：「面對沉重且無法動搖的現實，如何透過文學輕逸應對，是寫作者的本領。」

（此時一個同學不慎鬆開手中稿件，一疊黑白相間的紙朝地甩散，飄如瀑幕。然後當紙頁翻飛墜地後，大家發現，明微消失了，在紙縫匯成的洞內，她一躍進去，永久消失，下落不明。她毋須接受種種關於文學與苦難的詰問。）

（多好，書寫總為我們留下一條逃逸路線。）

但我不再寫了。我連為可憐的明微構築一個逃遁場所的能力也沒有。現實是，明微點點頭，未有為作品爭辯——她清楚，一個需以解說來捍衛創作的作者，是尷尬而不合時宜的。

i. 創作論

那星期會見教授時，我們讀吳爾芙的《論自我與寫作》。

有一段這樣寫：「……這名詩人嘗試誠實精準地描述一個世界，但可能除了對某個人在某個特定時刻，這個世界才是存在的。他越是要誠心地去精準描述他私人宇宙中的玫瑰和包心菜，他就令我們越困惑……他很費力描述；我們很費力去看；他揮了揮火炬；我們看見閃光。這很刺激；這很令人興奮；但這是棵樹嗎，我們問到，或者只是一名老婦人在水溝旁繫鞋帶？」

明微問，為甚麼包心菜和玫瑰就必然讓人困惑？如果他們在作者的族群、國度和集體經驗中是攸關重要的呢？

「我們要怎樣翻譯我們的語言，才能抵達遠方？」

教授說，這就端看，你要描述的是蔬菜和花卉本身，抑或你不得不，只能讓鏡頭瞄準這兩者。

3.

剛來這邊的第一個學期，明微選修戰後臺灣文學專題，跟幾個組員被分配報告一位本省作家作品。搜集資料時，她發現作家有一個同父異母的兄弟是二二八事件的死難者，便在作者生平部分加入一頁簡報補充資料。然而湊巧地，經組員整合報告後，那頁關於兄弟的資料卻消失了。明微在群組內問過一次，剛好夾混在彼此交錯的對話浪潮，覆沒無果。

她問我，是不是不該追問下去，也許這是一種溫柔低調的避諱。

我說想太多啦，不可能是審查吧，都甚麼時代，不可能故意避談政治啦。

她正色說，就是這種時代。

最後到了報告前兩日，組員聯絡明微，發現是統合資料時，遺漏一頁，已重新補上。

當我擺出一副早告訴你的神氣樣子時，她喃喃道，難道被拴過木樁的象，當真一輩子都不敢再跑了嗎？

我一度以為，與出版社簽約出書，是讓明微重拾自信的方式。畢竟頭一陣子，雙方看起來都是好的。我把幾篇明微參加文學獎或課上交過的作品發給編輯朋友，他讀過稿，馬上聯絡明微。她氣過我幾天，怪我擅自妄為，太過分，又難掩興奮，尤其是，她在書寫的胡同裡叩撞過那麼多遍，到後來，摔得自信全無。此時出版社的青睞，總算是一曙光。

我的編輯朋友大老遠從北部乘幾小時車來，與明微談了半天，最後建議把她一篇曾參與文學獎，寫及主角生於香港，於運動爆發後跑至臺灣的短篇小說定為核心，擴寫成長篇小說，結構上分成兩輯，前輯香港，後輯臺灣。

快談好方向時，明微欲言又止，我們問怎麼了？

她吞吞吐吐問編輯朋友，有關這題材，會不會有甚麼「敏感」部分及字眼，是可能要修訂或不能出版的；假若日後出版社要求刪改，作者有多大權力拒絕？

編輯朋友稍頓，平實回應：「我剛剛想了一會，我不太明白這『敏感』的定義是甚麼？有甚麼是不能出版的？」

明微一愣，喃喃說抱歉，神情一如上次選修報告惹出誤會時，羞愧沮喪。

我想她是氣自己，一遍遍，被制約的思想迴路圈住，終究無法再從容地，信任自由。

也許弟弟的事，像道影子，時在背後召喚。

我們一同吃飯，彼此間有種鼓舞的興奮。朋友連說能做這書讓他好高興，對香港人怎樣看待臺灣很感興趣。大家一同碰杯，灌喝生啤，飲勝！明微喝得凶，一杯接一杯下肚，說話和笑聲漸大，惹得鄰座投來目光。我拍拍她，讓她收斂聲量，沒想到明微怒了，臉頰酡紅，瞪著我，恨恨道：「我討厭任何期待，這都是你們的事，不是我的。」

那時我、明微和朋友都不知道，期許如同詛咒，至後來，竟箍得明微萎謝消瘦，久久無法再寫。

朋友又坐上幾小時火車回去，擬定企畫與公司開會，很快獲通過，大綱是關於成長於九十年代，後殖民香港的女主角，如何在求學、人際、戀愛，以及社會運動中尋找自我，卻又在好不容易覓得定位後，因香港形勢急劇轉壞而逃往臺灣，並在兩地的歷史、政治、文化異同中，匍匐前行。聽起來是個吸引的文案，若處理得好，沒準更是部大賣的巨著。

同時期，我跟明微開始同居。她從學校宿舍遷到我的小套房，一同生活，分擔日常支出。我想我們需要彼此，流離時刻，在陌生地萃取熟悉的語言和習慣，以此為食為暖，恰如其分，不試探，不戳破，更不輕言愛。我們相互保有自尊的界線：她沒再過問我有否寫作；我沒問她在香港做過甚麼。我們尋常來往，像個尋常香港人。

ii. 書寫的策略

那個月的會面，教授選讀鍾理和的《笠山農場》。我跟明微都讀過一些省籍作家的身分論述，在同一島嶼各自表述的鄉愁，同時夾雜威權時代下必須配合的反共文藝體制，讓作家們其時的書寫姿態尤為微妙。現在讀來，若單從文本的字面意思解讀，難免簡單地把作品中，「有說甚麼」、「沒說甚麼」的二分與作家本人立場掛帥，看似直接，卻容易忽略箇中幽微隱忍之處。

「《笠山農場》在一九五六年獲得「中華文藝獎金委員會」長篇小說第二名，這委員會是當時最有錢的官方文藝單位，主要宣傳『反共抗俄』的意識形態。然而《笠山農場》的得獎，正恰恰表現本省作家在限制表述下的能動性。」教授說。

鍾理和生於日治時期，家族為經營農場的客家名門。他後來因與農場內的同姓女工鍾台妹相戀，為家人反對；又因受兄弟鍾浩東的反殖民思想影響，對「原鄉」的中國充滿孺慕之情，終於一九四〇年與鍾台妹乘船私奔至滿洲國，後遷居北平。

然而旅居北平的六年間，鍾氏看盡中國社會動盪，長久以來的原鄉情懷，隨著日本戰敗、國共內鬥而消燃殆盡，在失望幻滅下，最後舉家返臺。然而回臺不久，即發生二二八事件，兄弟鍾浩東遭槍斃；同時鍾氏因罹患肺疾，自此無法勞動，頻繁進出療養院。

鍾氏於五十年代獲獎的《笠山農場》，以日治時期為背景，主要分兩條敘事線：一為富商劉少興與家人來到笠山農場，計畫種植西方傳入的咖啡豆，創一番事業，然而開發過程中，咖啡樹卻開始染病；另一主線則為劉少興兒子愛上農場中同姓女工，但同姓婚姻卻備受爭議，引起社會階級衝突。此外，小說大量篇幅描述淳樸的客家農村生活，歌頌田園牧歌，被歸為農民文學。

「我覺得，在我們這年代，因為旗幟立得太鮮明絕對，容易有種近乎潔癖的獵巫。」明微說：「譬如說，近年若有甚麼公眾人物還會為政府機構代言的話，網絡上很快就會冒起一股要求封殺、抵制的聲音。同樣地，這幾年，我不太敢再參加香港官方辦的文學獎或文學活動，怕有種收編或要配合主旋律的意味。」

「這是相當任性奢侈的說法呢。」教授脫下眼鏡，抹抹鏡片。

「所以，當我讀到鍾理和的小說時，有點驚訝他找到轉身的方法。」明微說。

早期曾有評論認為《笠山農場》未有直接批判社會現實，欠缺抵抗精神；然而近年有不少學者相繼把鍾氏的作品置回其身分及歷史脈絡中，指出他是透過書寫弱勢，高舉人道主義，以迂迴地，不動聲色地，包裝起箇中核心的批判精神。

「當文藝成為國家政治工具，怎樣調整書寫策略，去偷渡真正要說的話，是很多作家的重要課題。」教授又戴上眼鏡，鏡片澄明反光：「我不認為限制和拘束必然是壞事。與其斟酌『沒說甚麼』、『不能說甚麼』，不如思考，要以怎樣的姿態，說甚麼樣的故事。」

4.

有時候，明微會問我寫作的問題。譬如技術之於作品本身，有多重要？視乎你需要你的作品，抵達甚麼地方。我答得含糊。

「我常覺得，這就好比，要抓住一隻鳥的感覺。」

學校時有鴿群停佇廊間、陽台、屋簷，卻不是甚麼受歡迎物種，主要是羽毛亂飄，有時鼓翼的聲響之大，會嚇壞幾個倚欄閒聊的學生；更多時候空中投糞，命中途人機率甚高。

「非常、非常強烈，至激烈的情感。我想把經歷到的，深刻的體驗，抓下來，托印成有質感的字。不純然是新聞畫面，而是——更細緻，更幽微的東西。

我不知要怎樣準確地去講，它們好像會動。一旦驚動到，或被發現我正竭力描述，就會立馬飛走。於是我寫出來的，只剩下羽毛或僵掉的屍身，不再活了。」

但是明微，那些我們以為必須被描述、言說、張開的經驗，對他人，與此擦邊而過的另一端者，他們需要嗎？我們打開報紙，國際版，世界各地，那麼多人為了爭取民主、自由，有所選擇而受苦受難，血流披面，流亡、殉身、關押，含冤而亡。但裁剪出來的，僅是裝點軟薄的紙上一隅，一枚小小的，方格新聞。

我們要描述給誰聽？他們樂意知道嗎？

過年前，我、明微與幾個香港同學參與校內辦的僑生火鍋聚餐，主要貪圖廉價食材，肉、餃、丸、菜、小卷……長官致歡迎辭，聯同幾位學校高層向學生派發糖果和新年小禮盒，恭喜發財，身體健康。

校內的港澳會群組常有類近說辭：「我們來到這裡就是代表香港人的，要盡量留下好印象，別讓人家覺得我們是冗員！」、「只有裝備充實自己，才能謀求最多資本，為往後留在這裡做好準備。」言之鑿鑿，雄心炎炎的矢志。要活得恰如其分，符合想像，乖巧小心。

我們坐在門口，一對遲到的情侶在登記處旁罵得不可開交，用廣東話。大概是男的遲到，導致二人晚入座，飯都開了。女方氣得破口大罵，尖聲嚷叫，到後來男方也忍不住，以日常其他瑣事還擊。

罵聲很大，我和明微不時偷看，聽二人謾罵。語言總在罵人時最流暢利索靈光，特別女方似是能言之人，順手拈來繞舌詞彙句子皆發音標準且語速無減，極盡能事，都是性器官、詛咒、問候家人，句法構成層出不窮。一個馬華同學開始聽不懂，叫我們翻譯。

此時一個港人同學走過去，請二人自重。

「這是公眾場合，很多人聽得懂廣東話，知道是香港人，很難看。請你們尊重自己身分，也尊重同學、師長。別為其他人留下香港的壞印象，好嗎？」

他們頓住，頃刻，男的似乎要回應甚麼，踏前一步，眼神淩厲；女的立刻拽他衣角，二人挽起手，轉身就走。

那天回去後，我們一直在想那對情侶，特別是那男的。我很想知道，到底他原先打算說甚麼——應說換過來，我呢，如果是我，我會說甚麼？

5.

明微的書，上輯寫得很快，到了下輯，反倒卡住。

要怎樣描述一個符合臺灣人想像的臺灣？作為外來者，我們足夠政治正確嗎？我們有足夠的立足點和資格去書寫嗎？

她說，必須要寫，再不寫就來不及，來不及了。但要怎樣寫呢。

（這問題最終把明微變成騾子。為了證明自己是一隻騾子，她賣力擺出馬和驢的神態模樣，一時踏蹄，一時嘶叫——更弔詭的是，牠越想奮力提足奔跑，就越暴露出自身的腿有多短。這般拙劣的展現，反使兩者的特質都變得非常含糊。到最後，騾子摔在地上，牠發現，自己忘了走路的方法，連自己是誰都無法分辨。）

看，我又意圖借助語言和技巧，自艱難的狀況中滑過，不——不該如此。正如明微根本無法逃開，無法從那份文學獎評審紀錄中逃開。

一個文學獎公布結果，明微的小說進了決審，那篇正是她後來擴寫成長篇的原型，前段寫女主角的成長；後段寫她近乎流亡般跑到臺灣，在周遭龐雜的善意中，只覺壓力更大，時因倖存者的歉疚而猶豫要否回港。

評審對作品的意見不一，有幾則評語，讓我們格外注意：

「小說用字文藝，對話多用書面語，沒有廣東話，似乎是臺灣作者的在地書寫，敘述中，假裝自己是香港人的手法頗高明，懂得營造氛圍。」

「這幾年文學獎評審太常見香港運動題材，我沒選這篇，是基於閱讀時會有必須支持運動的盲點，容易失之客觀。」

「香港議題近年在創作中形近泛濫，我甚至覺得已有一種無形壓力，彷彿一寫到香港就必須在道德上給予獎項，反會有所戒慎。」

「坦白說，近年讀過的這些香港作品，總覺有種隔閡及困惑。綜觀而言，這種題材常強調創傷、失去自由、幻滅、身分危機之類，但確切來說是怎樣呢？讀下去總覺不著邊際，很虛浮，像詞彙的醒目多於意義本身。臺灣人對省籍身分與歷史的糾結，談了、寫了這麼多年還沒敢說已能處理，我對這種過急的書寫，就很難理解。

小說寫到臺灣，但雙城比較也不見結構鮮明的觀照，寫生活經驗也見疏離，讀來輕飄飄，未見癢處，反成了消費香港，也消費臺灣。」

有評審回應：「作者的觀點不強勢也不武斷，畢竟一切都是進行式，都是測不準，描不準的。我認為，這部作品的可貴，就在這種『不準』的自覺裡。」

一個人心中就有一座島嶼，一千個人就有一千座島。由是，我們意識到，要描摹的從不是一座共有、絕對客觀而理型的島。

這是一次揣摩心理的測驗。此時，此地，此人。明微認為，完美的異地書寫必須要展現包含：獨到的判斷、精準的語言、易於被理解的敘述，繼而比擬異同，要理性、包容、謹慎，不可情緒化、偏執、表達不滿、尖酸刻薄。

像中學時發來的考卷，她渴望取得高分。

「我終究不是臺灣人，我說的臺灣故事，是不會被承認的。」她焦慮地說。

iii. 作家訪談

這次指導會面，由我選讀幾本文學作品，其中收錄了作家黃錦樹的訪談。

Q：我們剛剛一直在談論馬華文學、臺灣文學，可是為甚麼一定要加上地域呢？文學有沒有一種超越這些限定詞的可能性？

A：不太可能。文學本來就很政治，尤其在民族國家播散之後。因為牽涉到資源分配就有地域問題，更何況還得面對承認的政治。這很現實，像現在的世界文學還是西方為中心。語言其實是最保守的，或者說它很容易變成保守主義的一部分，所以要跨越非常難。

「近數十年，臺灣吸引了很多漂泊海外的中文作家，馬華作家是其中一群。自七、八十年代起，他們先後來臺發展，如李永平、王潤華、張貴興等，都相繼在臺灣出版作品。」通常是這樣，導讀者需為文本作個背景介紹，繼而提出觀點：「我從前只覺得，大陸和臺灣都是華文文學的出版大國，流通和傳播率較高，自然會想作品在這兩地出版。但近來發現，這牽涉到場域、生產和話語權的問題。」

關於書寫和講述，不純然是表達的欲望，更牽繫到誰在講，講者與受眾的身分和資本，怎樣表述、表述的場域，全都是關鍵因素。稍有不慎，即可能被挾作有利於一方的論述本錢，被收編，拉進去；不然就是落入話語權爭奪的刀光劍影裡。

我續道：「有評論談到，離散越久的作家，常會面對進退維艱的寫作困境——離開原居地越久，寫的當地就越久遠，與現實出現縫隙和時差；但要寫現居地，又不如當地人具有先天身分，或會引起非議——於是這外來者身分就顯得非常被動，最後比較糟糕的，可能是窮一生都只能反覆演繹一個想像的、回不去的、符合當地人凝視的、過去的世界。」

教授問明微：「妳怕會變成這樣？」

她點點頭：「我怕我沒有資格。」

教授說：「怎麼鑽牛角尖呢？能夠擁有觀照的距離，妳應該好好利用才是。」

6.

明微擬定方向，決定先收集故事。我們透過社交圈子，聯絡因各種緣故定居臺灣的香港人，懇邀訪問。跑路來的中學學妹、定居臺灣多年的導遊阿姨、群居於北部新市鎮的港人移民群組。

有時，我覺得人的話語、反應、表情，本來就豐饒且精彩得可以直接成為作品。

我們去訪問一對前公務員夫婦，那時他們來臺已近一年多，卻因曾丈夫曾任公務員而一直無法申請身分證，連帶女兒的戶籍和學籍問題也有所影響。訪談中，我們大概了解，丈夫出身基層，比較通人情，願意分享；太太沒說個明白，但言談中自有股挑剔的精英腔調，卻又隱忍於嫻熟的笑容下。

丈夫揶揄妻子初到埗時，對諸多必須適應的新規則難以忍受：「別看她幾十歲人，還是活得像個千金。」他說，大學約會時，太太在街上第一次見到蟑螂和蟑螂屋，不知是害蟲和捕餌工具，還覺得新奇有趣，以為是可被飼養的寵物。

那是因為，她從前的家，傭人打理得一塵不染，太太自小不曾見過蟑螂。

太太剛在翻熱菠蘿包，走過來推擠丈夫幾下：「瞧瞧你在說甚麼，教人家同學見笑了。」

他們說，真希望就在這裡落地生根。在這次前，二人已曾考慮移民加國，最後不了了之。這次下定決心移民臺灣，鼓了很大勇氣。太太請我們吃菠蘿油，從附近由港人開的店買來麵包，切出兩片冷凍黃油，夾於包內，任其同時融於嘴內與軟熱的包中，很懷念。

「其實，這裡會否是我們的蟑螂屋呢？擺著好吃撩人的餌藥，引得我們只管直線鑽跑，越過門，以為是活的，往後退，才知道是死的。就困在這裡，直至活活曬死。」太太收拾碗盤時，漫不經心道。

我被甜脆的酥皮碎屑噎到嘴間，咳得喘不過氣。

「哈哈，同學該不會被我嚇到了吧，說笑而已。臺灣一年有三百天都在下雨嘛，哪有這麼容易被曬死啦，嘻。」太太回頭一笑，陽光打在半面上，教人只看到她彎弧的唇。

另一次，我們跟幾個以學習名義來臺，實則跑路的少年見面。他們的情緒如同被鑲放於一個四角透明箱子的彈珠，不斷被搖晃篩動，一時卡在這頭，一時堵在那端。

相處下來，可以大致歸納出他們的幾種狀態：昂揚激動呼喊「暴政必亡」的亢奮；自嘲慘成棄子且遠觀香港離散的失落；猶豫要否融合當地，成為乖順移民的躊躇；哪怕會被捕，仍渴想回家的懷鄉——四種情緒間，時在他們臉上急切而混沌轉換。

少年們都知道黎清的事，很快信任明微。他們似乎有一些共感的私密記憶，指向事件、現場、日子、情緒，談得深入。過程中，明微淡淡紅了眼眶，為免失態，她說要上廁所。

這時有少年神祕兮兮問我，你們寫這樣的東西，別指望回去了。怎麼這般傻啊，難道沒有牽掛嗎？

我澄清，不是，不是我，不是我寫。他們即擺手，行啦行啦，明白，靜靜的，好好好，不說。

我本想繼續解釋，我只是個旁觀者，一切與我無關——但等等，那刻我發現，我竟無法乾脆了當撇清關係——明微思考的問題，經歷的痛苦，作為異鄉者、寫作者的困惑，這段漫長的旅程，我在不經意間，竟已一同，走得這樣遠。

寫「這樣的東西」，是怎樣的東西？

明微自然有她的戰場，她的答案；如果，我也可以擁有我的。

當晚，我們一起去吃熱炒，點了幾瓶台啤，還是「18天」最好喝。正當他們討論為何熱炒店的蝦球竟會拌上鳳梨和美乃滋，並撒上彩虹巧克力脆米，儼如冰淇淋般甜膩時，一道炒水蓮端到桌上。我坐在角落，撲鼻而來的是極濃烈的胡椒味，許是廚師翻車，下了比普通份量要多出數倍的黑胡椒，稍稍一嗅已覺嗆辣。

少年們夾上一小口，即被刺激得連連咳嗽流眼水，鼻子發紅。他們往右側傳菜，開了個小玩笑，哇超辣超嗆，是懷念的家鄉的味道。大家依言接下，大呼哈哈，對喔對喔，很懷念。

這經驗和味道不是我的。

我意識到，如果要擁有自己的答案，那我必須首先，界定出我的戰場。

7.

同學間舉辦的第二次作品討論會，又出現一篇關於香港運動的作品，大家連稱寫得不錯。

小說名為〈距離自由最近的角落〉，一開場，就是參與運動的主角在躲避追捕時，跑上就近大廈天台，結果反被警察堵截，無路可退；接著即跳接至主角童年時，如何喜歡香港流行文化開始——成龍電影、鴛鴦、《歡樂今宵》、四大天王……當中尤為喜愛警匪片，特別是《無間道》和杜琪峰導演的電影，隨之描述許多香港紛雜密集的街景，大量天橋、天台、唐樓等。

然後就是天台的多重意涵：是幼年時富裕親戚家一同燒烤玩樂的空間；也因主角屢屢搬家而流連於不同大廈天台，與友人酒聚，凝望樓下馬路；又是上班時逃逸抽煙的場所……小說交錯當下被困的天台，與回憶中的各個天台混寫，突顯香港階級和地景，不忘插入《無間道》中劉德華與梁朝偉對峙的天台；以及《警察故事》中飛簷走壁過場的天台戲。

作品敘事流暢，場面跳接自然，對場景描摹也見細緻，在寫到幾個警察圍捕主角時，更有幾句兇巴巴而粗鄙的髒話如「死甲甴，走乜撚啊？」、「走吖拿？走你老母呀」，倍添港味。

小說結局懸於主角被逼至角落，身旁的幾個同伴已被相繼制服，剩下他一番閃避後奔到邊處。眼前是正收攏囤圍的警員，身後是繁華豔麗的霓虹城市，而他正夾附其中，無可抉擇。

同學們不免把它與明微上次的小說作比較：「同是寫運動，像這篇就相當不錯，能以同一意象貫穿，一氣呵成，以小人物寫大歷史與流變，最後的懸而未決也為讀者帶來想像。」

我已猜到，作者是上次那寫夾娃娃機的同學，畢竟寫法、技巧、鋪陳、意象運用都很相似。被嘉許後，同學談到自己對上一次去香港，其實已是國中時期，但一直非常喜歡且關注香港議題。作為一個寫作者，他認為，也許還是回歸寫作本身，才能輸出最大貢獻。

他又提到，寫這小說時做了大量資料搜集，以期能盡力代入情感，也希望作品能喚起更多人對香港的關注。

明微甚至不用張口，我從她的眼神，已能掂量明白。她敏感，易於動搖，情感紛雜，近乎絕望的鑽牛角尖。

「如果連我們自己都講不好自己的故事，怎麼辦？」會後，她問我。

「但是，我們要怎麼指認那些故事是我們的？」我問。

「何需指認——那確然就是——」她頓止：「那是我們的傷口，我們的疼痛啊。我甚至，可以辨認出它們怎樣成形，潰爛，無法痊癒。連痛楚的輪廓，我、我都可以描摹出來。那怎會——不是我、我們的呢？」

但是明微，我們不是都曾寫過許多對他者的哀悼嗎。我們或許都曾寫過六四、自焚者、遠方的戰爭與炮火，甚至同志、族群、情慾、基層，所有非我身的經驗、關注與憐憫。

之於書寫苦難，我們無可比量作者資格論，不然，我們都必得像我們的故人般，身陷囹圄，或死去，才有足夠的話語重量。

上學期的一節原住民文學課，老師引出討論問題，要如何定義原住民文學？由原住民所寫的文學？用漢語寫的原住民文學？用族語寫的？由平地人去寫的山地文學呢？書寫本身會否已是滲放某種凝視或剝削？

如果因著關注、憐憫和同理去書寫，可以去代言他者嗎？但資訊科技發達的年代，經驗又是那麼信手拈來，只消稍加打磨，就能閃閃發光的石頭。

（如果這是我筆下的小說，緊接上段，我或會細寫課室內的空氣、氛圍、飛入的蟲子、躍動翅膀的鳥等；或會讓敘事馬上跳接至另一個事件、空間、時間線上；或會讓地震驀然發生；或會讓所有人一同如被催眠似的，跑到草地，紛紛爭相尋覓發光的石頭——總之就是，不回應，不給予答案。）

我曾篤定堅守的創作美學，竭力輕巧，以語言、結構、技術的戲法一再迴旋閃躲，以圖避過任何艱難晦澀的叩問。

iv. 誰的故事

這次會面，我們讀的是呂赫若的戰後四篇小說和邱永漢的《香港》，是明微選的。

「……兩位作者都是日治時期作家，早期以日語寫作。但隨時局變遷，他們同時面對創作語境上的巨變——呂赫若以短短一、兩年時間，即更替書寫語言，用中文發表；邱永漢則落走香港，繼續以日語寫作，在日本發表及連載。」

明微翻開筆記說：「這就好像鏡像錯置。我最近才知道，上世紀六、七十年代，香港除了是大陸人的逃難處，原來也是不少臺灣知識分子流亡時路過之地。」

「對啊，從前有甚麼買不到的禁書，我們會商請在港朋友幫忙。」教授在辦公室燒開水，要為我們泡茶。

能與不能，可讀與不可讀，能進與不能進。只是半個世紀，禁制和審查像一張長途火車票，從這站，轟轟行駛，至下一站，繞著同一循環線，往復訪臨各站。

「其實很有趣，《香港》寫的香港，是由臺灣作家敘述的香港，且以日文書寫，於日本發表、得獎，經年後才翻譯成中文，並在臺灣發行。」水燒開了，教授按下開關，續說：「談起白色恐怖時期小說，《香港》常是代表作之一，然而邱氏的前作《濁水溪》三部曲也曾獲直木賞提名，我認為你們同樣可讀讀。」

去年，我同樣修了戰後臺灣文學專題，循課堂文本順藤摸瓜，曾讀過《濁水溪》。這是近乎於邱氏個人自傳式的政治小說，寫主角成長於日治時期，因受族群歧視而推崇臺灣應與中國融合；然至日本戰敗後，見證到國民政府的腐敗與二二八事件，自此，主角因理想幻滅而遠離政治，開始從商，並前往香港。

作品於連載時共三部曲，然至出版成書時，並未收入寫及臺灣獨立運動的第三部，原因是，為了配合當時日本的政治語境，怕觸及美日雙方敏感微妙的關係而自我規制。

到了新作《香港》在雜誌上連載時，邱氏就刻意去政治脈絡化，只把主角賴春木的背景設定為參與運動而流亡香港，對其立場、思想或實則行為並無細寫。《香港》專寫的，反而是香港本地紙醉金迷、觥籌交錯，極為頹靡而消費主義至上的都市生活，終告得獎。

明微問教授，邱氏的作品能在日本得獎，是因為政治因素，還是因為他寫得好？

教授以開水傾淋竹盤上的茶具，問我們想喝哪種茶，有鐵觀音、烏龍，還有朋友送的蜜香紅茶，並問我怎麼看明微的問題。

「嗯……有論述指，《香港》雖刻意去掉臺灣政治脈絡部分，卻反而極其鋪張地，誇寫並批判當時窮奢極侈的殖民地香港娛樂生活。這其實就是隱喻帝國主義，正是以日本讀者作對象，為他們當時對美國的欲望、恐懼、厭惡等等，各種複雜情緒提供想像的出口。」我搔搔頭：「但詳細來自哪份論文我忘了，一年級時寫過的期末報告剛好讀過而已。」

我沒有說的是，那年期末報告的結論是，《香港》中的香港，在小說中是一個被掏空而欠缺個性、指涉的意象，是為應切語境而被選擇的指符。

房間有嫋嫋白煙，教授沒有關窗，外面有蟬鳴。我們等著茶泡好。

教授沒正面回應她的問題，反是續問，明微的焦慮，仍跟上學年會面時一樣嗎？

明微說讀過呂氏跟邱氏的作品後，又想到寫作：「到底，誰敘述的故事才算數？」

8.

有次在火車上，明微整理到那家公務員家庭的故事。她說起關於蟑螂屋的描述，當想到那麼多活生生，翕動鬚翼的蟲子擠滿一個透明塑膠盒子，就讓她頭皮發麻：「我一定沒有勇氣，把它們生生提起，哪怕放到陽光下，抑或往盒裡傾灌開水，我都做不到。」

「我無法處理牠們。」

我坐在靠窗位置，車速不均，有時雲和海過得很慢。列車似是畫內景物，如何行進皆走不出畫框，倒似我們追著溪流而跑；有時城市、偏鄉與街道迅捷掠過，人們在陽台晾曬衣服、擺放腳踏車、整理盆栽；更多時候沒有隧道，有耳鳴，車廂內有人攜帶寵物、睡覺、滑手機、看書。

明微那些舉棋不定間的質疑、情感、揣度、迷糊、恐懼——他人的情緒、她對寫作的疑慮、對語言的無法信任，在我看來，才是一隻隻活生生被其鎖在盒內，既無從逃逸，又被逼擠竄碰撞的蟲豸。

如果我把此刻身處異地的一切刻實記存，不添加任何典型印象，我可以指稱，這是屬於我的在地書寫——把幽微日常的裁片擷裁，以足夠自信去書寫，看似平凡淡然，無甚獨特或精闢觀點的修飾，擯棄所有靈黠的技巧、設計、點子，僅僅是張開感知的所在——然後坦然宣稱，也是此處，因為我們——就在此處。我們以眼目所見，耳廓所聽，每寸毛孔感知的種種，此身此刻，書寫即在地。

我們願不願意、敢不敢卸下所有修飾和翻譯？

V. 這篇小說

明微曾跟我爭論過關於書寫巨大的恐怖、創傷和苦難，是否必須予以距離觀照，經歷反覆沉澱、審視、咀嚼、揣摩、熬煮後，再重構一個偌大的載體，把創作過濾進去，並必須滲入技巧、意象、層次，才是被允許的？

若是如此，怎樣寫，似乎往往比寫甚麼重要。

我說那確實是美學觀，文學的虛構與逃逸，本就沒責任承擔任何淑世關懷。打從一開始，我跟明微的戰場，看似重合，又有差異。教授特意安排我倆一同會面，提問我們關於書寫與實踐、語言與企圖的問題，是確然地，也包含於我。

那火車上的問題，應修正為，我願不願意、敢不敢卸下所有修飾和翻譯？

我那麼害怕，會否像洋蔥，在我褪下一切賴以辨認自身而熟練的器具——諸如語感、跳躍、修飾、互文、後設、借用他人論述、寫法、腔調——所有可供逃逸並約化成美學準則的洞窟——會否掏到最後，剖去所有層瓣後，才發現，內裡甚麼都沒有？

但我的愛人，明微仍繼續在動搖、質疑中，巍巍峨峨地寫，修完又改，改完再寫。

我曾以為這是明微的故事。

但一切關於書寫的方法，在過多通論、綜論、技法、說法以外，必須以書寫者投入創作去踐現，才能明瞭。

所以我寫下這篇小說，作為起點。

這是我碎落的故事。

家賢同學：

來函敬悉。謝謝你給我發來這篇真誠而帶實驗性的作品，先恭喜你願意邁出步伐，重新創作。

我常認為閱讀這回事，若說看字，不若是看人，又因你是我的學生，讀到這篇作品時，不由躊躇——我該怎樣面對它呢？在書寫上，我們大可舉出小說的不足（或曰硬傷），過多辯證，欠缺情節推動、太直接的概念化、作者問題意識主導籠斷，近乎扼殺作品喘息空間，讀來太乾太燥。

這樣直陳痛處，會傷到你嗎？然而我想，承著我們的師徒關係，你素來懂得我性子，大概也知曉我這先抑後揚的鋪陳吧，哈哈。也因此，家賢你給我發來這篇作品，相信並非只為向我討教技法優劣、改善建議之類吧。

我的理解是，你是在透過作品與內在的自己搏鬥，透過近乎拷問靈魂的嚴苛，逼近甚麼是合於倫理的寫作，並踐現於（這次的）書寫。當難以啟齒的沉痛經驗，轉化成必然被誤讀的小說創作時，箇中的轉身與切裁，我不認為是怯懦或可恥的。文字柔韌如蛹，可撈獲實象，也可綿藏傷口。

因而，相對作品裡的沙石，我更高興是你願意以這不（夠）好看的姿態，直面創作（而非為求好看，以你慣用的技巧挪移逃逸），這是重要一步，難能可貴。接下來該如何打磨拋光，便是小說家的技藝了，我很期待。

慶幸你未被時代重擔壓挫，祝福。

教授

四——樹的憂鬱

樹的憂鬱（上）

（一）

那是一場尷尬而偶然促成的飯局，且主角缺席。但一夥人實是太久沒聚在一起，仍興致極高。因臨時起義，七、八個人浩浩蕩蕩繞著美食街走，惟已近晚上八時，想吃的日本料理、西餐、連墨西哥餐廳都滿座了，兜兜轉轉只剩下一家門外貼有立場標語如「香港加油！」、「買明信片撐手足！」，店內僅有一、兩桌客人的臺灣菜。眾人帶著嘲弄輕拍阿囝的肩膀，委屈你啦，明明之後要吃一輩子，現在還得陪我們吃。

阿囝笑道，當預習唄。

噯噯噯，所以已決定好要去臺灣了嗎？

他快速遞上菜單堵截對話。點套餐？主食要滷肉飯還是大腸米線？小菜的各點一個吧，烤花枝丸、鹽酥雞、米血糕——啊不，忘了誰吃素，改個燙青菜或皮蛋豆腐吧，再點個白飯。

他們本應到警局接保釋的大學學弟。學弟在念博士，住宿舍，清晨有人敲門，睡眼惺忪就被抓了。搜查房間時收走了《香港城邦論》、《來生不做中國人》、《香港民族論》，這還可以理解，竟連學弟寫論文參考用的《平凡的邪惡》、《論暴政》、《想像的共同體》都拿去。一群人說莫不是想私藏來讀，另一個說，屁咧，識字的不當警察啦，怕證據不足吧。

本想著就阿园和兩個友人去接，但消息流轉間，驚動半個學系和宿舍舊友，學弟素是人緣極好，任勞任怨又常打抱不平，從前同學間受過他不少恩惠。大家又幾年沒見，算是敘舊，於是一呼百應，數下來竟逾二十人去接。友人說這還真是那傻子的人品成績單。

起初說五時多獲釋，阿园開車載著幾個人去馬鞍山，到了砲台山，又跑到荃灣，資訊紛雜，城市定向似的，難以確認學弟被移送哪家警局拘留。朋友們在後座談外匯投資，要否把港幣都脫手呢。

「那存甚麼，美金，英鎊、加紙？」

「日圓啦，疫情結束後怎也會去旅行吧。」

「唉，無啦無啦，以前常說香港人一年沒能去日本會暴動，都是假的，連享樂的意志都不夠堅定。多不爭氣，難怪輸得一敗塗地。」

「哇你這般說話，小心下地獄！」

「嗯？我們此刻就在啊。」

阿园對這種無限放大的自嘲不以為然，處境根本沒到這麼糟，卻要嚷得慘絕人寰。輕率表述，一團人自我抑貶，預設成受害者常為其帶來快感，卻磨光詞語本身重量。

他們在這璀璨至此的城市繞了一大圈，過隧道、山景、海景、街道、公路，在車上看著日落。友人坐在副駕，問阿园能否抽煙。他本想拒絕，妻最討厭就是煙味和老人味，但想到此車或許很快將易手予跟前友人，何不讓他提早行使權利呢？一起抽，沾上味道還可推個乾淨，便降下車窗。

到荃灣時已近七時，交通擠塞，天橋鄰接，從光鮮的購物城越到平民市場，進到另一個名牌商場，似一條偌大迂迴的隧道，穿行的人永遠不知道終點。阿园讓友人先到警局門口等，他找位置泊車，實則不敢靠近——署所門前裝滿閉路電視，他不能被認出。

前幾天組內有同事在一宗案子的錄影鏡頭內被認出，翌日即告停職候查。妻看新聞，說政府對公務員的要求日趨嚴苛，時時著他趕快辭職。阿园採拖字訣，裝傻忽悠。

同學們怕學弟餓，雜七雜八地買來燒味飯、雲吞麵、沙拉、飯糰，有人弱弱揪出一袋白麵包，即被譏笑：

「傻的嗎？誰要坐牢後出來吃白麵包？」

「他可能沒胃口呢，天知道？」

「行開啦，你自己拿回去吃啦大佬。」

「哼，了不起，我還買了果醬跟花生醬！」他再掏出兩個瓶子，又是一陣大笑。

事實上誰也沒中，學弟剛出來，家人就在附近接他。他穿黯橙紅色夾克和牛仔褲，沒帶眼鏡，神色疲憊，逕自走遠。在他要上車前，有人叫住，學弟才瞇眼走來，蹙眉，竭力辨認出此端每一個：「他們說眼鏡有危險性，沒收了。我甚麼都看不清，認不到你們。」

他們本來設想了很多很多話要說，問他有沒有被怎麼樣，情況如何，害怕嗎，有甚麼證據，表達擔憂，之類之類。

但那個當下，言語竟顯那樣貧瘠嶙峋，不得不被棄置隱藏，彷彿每個人買來的豐富餐點。

學弟上車後，大夥走了一半，剩下七、八個人，進了臺灣餐廳。眾人討論離開——下個月、下年；結婚、投資或專業移民、BNO、救生艇計畫、考個碩士、工作假期；加拿大、紐西蘭、英國、美國，也有新加坡、馬來西亞，泰國，儼如地球村，時間、地點、手段皆明確，部署清晰，有序可依。

席間有人把話頭轉向他：說起來，這裡好像只有阿囩打算去臺灣？

珍珠奶茶吮到一半，珍珠是煮得過硬了，塞在吸管不上不下，堵住在下的奶汁（太淡，他猜是奶精開的。）阿囩偏要賭氣，死命啜吸，終於一通，珠粒連奶噴濺而出，嗆得咳至上氣不接下氣，口鼻都難受。

這下子成了全場焦點，話題不能耍走，低聲道：「還沒定好的。但要走的話，臺灣確是首選，終究想讓孩子留在中文世界，文化也較接近。」

他不知道這是陷阱。

群聊似一場捕食，總要找著甚麼話題或對象叼咬不放，異口同聲指斥它，撕扯個血肉模糊，才有貢獻、過癮、團結，達成共識。像在學，乃至職場裡聊過的他人八卦是非，聊得越起勁譏笑得越入骨，關係就越靠攏，這群久未重聚的舊同學如是。

「那要去馬來西亞或新加坡也行吧，還能兼修英文，多有競爭力！」

「而且要學中文也不一定要選華語地區吧，還是可以讓孩子去外國啊，你和太太身教不就成？學長你真的要弄清楚，現在是逃難，不是單純良禽擇木而棲，要安全長久先行啊！」

「我還真的不會選臺灣。不是說它不好啊，但香港如此，下一步必定是打臺灣的。共產黨，要統一嘛。你想想現在移民就是為了逃避阿爺，你跑到臺灣，過幾年好不容易適應，欸，對岸就拿槍枝炮彈指向你，統一了。屆時你又得再跑一次，豈不浪費精力？」

「統一後成臺灣特別行政區還好，最怕真的開戰哪。我近來看些Youtuber分析，說現在中美關係嚴峻，似是冷戰時期那種角力，沒準會打代理人戰爭呢，第三次世界大戰的前哨。」

對啊其實走到哪都沒能避，世界都是大國的，去北極、去格陵蘭、去亞馬遜叢林最好。這般犬儒恐懼精打細算——話在嘴邊懸著，他能說甚麼呢，立場尷尬，連辯解都軟弱。

電話響起，妻在那邊語氣木然冰冷。

有一瞬間，他以為她把全家毒死了，來電與他自首。

回到家，妻在客廳靠著窗台。窗竟沒關，幽冷的風拂動紗簾。貓在沙發蜷伏，聽得聲響，半瞇眼望他，弓身伸個懶腰，遂又睡去。

貓已是垂暮，有慢性病。身下有其嘔吐物，近半乾，黏在毛間結塊。

妻穿得虛薄，臉色蒼白，腦後的髮隨意以蝴蝶夾束起，飄出幾綹。窗外有海，有光，有馬路和奔馳的跑車。妻父母留給他們的海景房子，不然窮夫妻一輩子薪水也難住上。

阿园走過去，想把窗關掉，怕冷風吹壞身子，也怕貓佻皮，竟瞥見窗框有灰。妻搖搖頭，讓我再涼一陣，一陣子就好。不期然打了個噴嚏。

類近的情狀，晚風、窗邊、憂鬱且微病的妻，幾年前也曾如此。彼時他們在加拿大租來的家庭式公寓，漫天飛雪。妻終究承認自己兵敗如山倒，徹底輸掉，一時難以承受。也是這句，讓我再涼一陣，一陣子就好。

阿园的妻，脆弱如肥皂泡，一拈即破，必須緊密包攏。她的生命，比較單純。那麼那麼害怕任何變化和必須直面的齷齪、不體面。

譬如阿园老父的水便。一滴一滴流溢於地，似他合不起嘴而無法承接的湯汁，又像貓抽搐發作時淌落的口水。

傭人說，晚飯前，老父鬧脾氣在房間不肯出來，躺在床上，講不清話，「嗯嗯哦哦」，妻又哄又求的折騰半小時仍無所動，飯菜皆涼。大的不來，小的等得不耐煩，女兒連說餓了。妻無計可施，著傭人強行扶老父至輪椅，推到客廳。

女兒見著爺爺，很是高興，與他搭話。老父中風，半邊嘴唇垮掉，癟陷如缺水的魚鰭，竭力支出反應。妻素來不喜歡女兒與家翁接觸，硬是坐到二人中間，喚傭人餵飯，又敦促女兒不可挑食。老父半身動彈不得，頭卻似卡在坑道上的保齡球，微微擺動，勉力避去傭人遞上的羹湯，又開始「嗯嗯哦哦」。

一戳撞，整匙湯順著父的唇流滴至褲管、椅墊、地上。

可憐而脆弱的妻。她問阿园，那時你在哪裡？

妻放下碗筷和傭人做得不好吃的飯菜，取來抹布，剛湊近父，父的眼裡即滿布懼意，使勁搖頭，大叫：「嗯——！嗯——！啊——！啊——！」他們以為是爺爺討厭妻，不願她靠近，卻在妻執意抹拭褲管時，他的身體發出醒目聲響。

「噗噗——唧！」有甚麼排出滲落。

大家呆掉。

半晌，女兒尚未反應過來，撥手大聲問：「好臭，好臭，哪裡來的臭味？好像Poo……」

妻說，回、房、間。不要出來。馬上。Right now.

傭人說，在那靜默且泛著便臭的房子內，妻頓止好一會兒，然後從阿园慣常偷藏煙的抽屜夾層裡，純熟拿出一包萬寶路。點火時，怎也打不著，手在顫。

低咒一聲，走進廚房噼哩啪啦扭開瓦斯爐頭，叼著煙湊近那紫藍帶紅的烈焰點燃，幾乎燒到劉海。

開窗，看海，往窗外吐煙，濃而嗆，咳嗽不止。手仍在顫，紛紛落落的灰撒在框台間。

貓打哆嗦般，有一下沒一下伸著頭，咳嗽不止，全身顫抖，嘔吐。吐完，嘴間有口水光絲，前爪隨意掃掃，又跑到沙發上躺蜷。

傭人和下身泡於穢物的父、整桌涼掉的飯菜，以及貓的嘔吐物，在那一刻，凝滯於這個房子裡。只有白煙與酸餿、惡臭，裊裊飄斥，盈滿空間。

他可憐而脆弱的妻，本有名字，愛笑，會抽煙，燙捲長髮若波浪綻開，明艷而自信。是甚麼把她掏空至此，困鎖如將要破裂的肥皂泡，是婚姻、家庭、生活、香港嗎。

是他嗎，是他不願離開的輕慢嗎。

阿园知道，必須下決定，必須如此，不然要逼死所有人。

（二）

他與妻識於大學。阿园是基層出身的屋邨仔，父親來港後，年紀很大才與母親有了他。童年在屋苑間的走廊看大人打麻將，從鐵閘縫間偷看《歡樂今宵》，「口」字形中空的四邊形公屋，天空都如一口洞，方方的。

上大學是為了知識改變命運。父親在工廠當技工，告訴他有一天要出人頭地，別像老豆，字都唔識多隻，做牛做馬，吃好多苦。

大學面試，連西裝，都是父親向廠長兒子借來。

面試官在自我介紹後第一個問題是，你真的在港出生？Not born in China?多年來父親奉上所有，阿园感激接受，一一回報。（在他當上公務員後，讓老父過上好日子，並終在妻強烈要求下，才把患病的父送到高級安老院，有私家看護。）

但他惟一不能接受的，是父在出世紙上登記他的名字，簡體字，「园」。據說父本想取「圓」，團團圓圓，圓圓潤潤，圓滑、圓渾，四方框框內包藏起「員」，卻不會寫字，誤作「园」。

窮一輩子，他的名字都要與那片陌生的大陸，牽上關係。

阿园僅有一次回鄉，十七歲，寒假。媽為他和老父準備行裝，臉色不善。父逼令他，二人須穿上多條牛仔褲和衣衫，都是工廠裡的次貨，丟掉不要的。從窄到寬，能穿就穿，臃腫得要透不過氣，很悶。

父說，不能手提，手提要打稅的。能穿就能穿，越多越好，上面缺啊。

火車上，人很多，北上的方向滿載物資，一疊疊、一袋袋、一包包，似恨不得把整個家搬走，整個房子運上去。

他奇怪怎麼全落在他和父身上，媽卻不來，出門前還叮囑他，記得，鄉下親戚問起，都別多嘴。直至回鄉，在車站，一個壯漢抱著幾個孩子來接他們。

父說，叫二哥。阿园愣住，在香港活到十七歲，頭一次回鄉探親，原來探的是血親，竟有兩個哥，在這邊。

父說，沒了，就這一個。你大哥，游水下來時，不見了。

阿园在學校背過的字詞：第二次世界大戰、日軍侵華、香港淪陷、三年零八個月、抗戰八年、國共內戰、中華人民共和國成立、三面紅旗、大鳴大放、文化大革命、四人幫……都作考試知識死記爛背，過關取分，即棄如敝屣，拋諸腦後。

平面的字，原來會沾血，還會沾到身上。

時代像把刀，把人剖成兩半，前半在一端，後半在一端，各自生長，如植物截枝，置地蔓衍。

兩頭家，一個在戰前，一個在戰後，再次交連，已如並生對照。

在車站，幾個孩子穿得襤褸。阿园望向父，期望答案。但父沒應答，只解出幾件上衣披在孩子身上，他們又過來，拽阿园的厚疊褲子。

阿园坐二哥的單車後座回祖屋，父則坐三叔的，兩輛車，沿長街拐入小道，即入眼都是田野，並排同行。阿园嗅著二哥背衫油膩的味道，斜眼瞄向父，無措的。但父未有與他對上視線，只左右顧盼，與三叔交換耳語，大概是在念舊吧。行囊綁在孩子們的後座，鼓鼓的，似蜜蟻的腹。孩子很瘦，拖這麼大袋東西騎起來東歪西斜，轉入村野間差點摔倒。

那一個星期，他住在院子裡一個靠山的房間。孩子們愛往他這裡蹭，畢竟惟一的蚊帳給他了。阿园跟他們去草間抓蟋蟀來鬥，到溪邊撈蝦子，倒是少見父親。有晚夜半，他上廁所，瞥見父跟一個婦人在院裡談話，都是家鄉話，起伏自如，鏗鏘有力。不似家裡沉默鮮言，多是指令，時帶生澀口音。

這是他不熟知的語言，他不了解的父。

他在那個秋天被語言、父的過去、另一個家擯棄，形同背叛，因而他也要否認，這不是他的鄉。

自此，阿园下定決心，一遍遍澄清，他在香港出生，黃大仙沙田坳道，後來清拆，遷至山腳。阿园相信，名字賦予了他解釋的責任，在對方幾乎要誤認、混淆、以為類同時，他就要走出來，告訴他們：「並非如此。」與兩地無關，與身分認同無關，僅是客觀澄清，他避免成為產地標籤被錯貼的水果，混於品種相似的貨架，但味道終究不一。

在往後，他的餘生裡，或許因已純熟演練多年，哪怕到了別處，解釋自身仍是必須履行的日常——作為一個異鄉者，這是他窮一生的辯解。

女孩念比較文學，住港島，薄扶林，說話有英式口音，上大學前沒怎麼到過九龍新界。初見他的名字，有點猶豫：「嗯……阮？元？哈哈，我是有邊讀邊。」

他們在宿舍天台抽煙，阿园還教她喝啤酒、打啤牌、麻將，還有別的……

時有輕微罪惡感。女孩常不自覺展現出優渥家境——寒假去瑞士滑雪；暑假隨出差的父親歐遊，有時是母親的外國友人來訪，先暫宿他們家客房幾天，再一同到亞洲旅行，並為她帶來精緻的茶葉、紀念幣、果醬，以及放滿整個飾品櫃的泰迪熊。

女孩說，她從前念的教會學校，有一片樹林。林蔭大道，種滿鳳凰木，坐車進去時，落花時會覆滿路面，遍地綿紅。她問阿园，你呢你呢，你的學校有甚麼好玩的？

阿园說，我們在天台打球，總要多預備幾顆。

她問，為甚麼？

阿园答，有時飛落街，就沒了。還要祈求別高空擲物砸中路人，會報警，球場就會封掉。

她咯咯咯笑起來，覺著好玩。

他們一同上課，在飯堂吃便宜的學生餐，她不覺難吃，味道新奇。二人聊電話，要談好幾小時才甘休，掛線時話筒又燙又濕，濃濃的汗。因合作做報告要購置物資關係，第一次在外見面。

他們要買些電子機件，去九龍，深水埗鴨寮街。女孩頓在一個小攤前，指著一個方方塑料盒子，問他這是甚麼。

攤前商品亂擺，收音機、手電筒、電線、電池，正中央放有透明塑膠盒子，設四邊活動門，中央放著碎粉，裝滿鬚角分明的蟑螂，爬來爬去。幾隻胸腹朝天貼緊表面，教人看清其絨毛足爪，幼長褐黑。

阿囝來不及回應，擺攤老闆已搶說，蟑螂屋啊，沒電沒毒沒藥，純機關設計，看，中間放味粉，引牠們跑進來。這活動門是特別設計，入得唔出得，只可往內推，不向外翻的，看，是不是。

老闆手指往金屬片製的鋸齒狀活動門一戳，門一甩即垂下，截堵成牆。更誇張地上下來回晃晃，好穩固啦，出不來，還能循環再用，多省錢。現在買，送味粉。

阿囝家的廁所，每到夏天就走滿蟑螂，從下水道、渠口、排水處挨隻挨隻潛藏於各家各戶，被發現即被打得一命嗚呼；幸運的在戶內暗處產卵，繁殖，成長，伺機嚼食空間給予牠們的任一資源。阿囝慣用拖鞋打蟑螂，只覺濺出的漿液噁心。有時打了好多下，仍奄奄翻身能動，稍失神即逃竄不見，最煩。

他問女孩，你未見過？你家都放甚麼滅蟲？

女孩半蹲俯身，定定看向盒內迅快爬動的扁殼蟲子。鬚極長，前頭翕擺。她甚至兩手抬起整個盒子，湊向眼前，眼瞳近貼。

本在圍觀被老闆推銷的行人，與阿囝都微微一驚。

老闆忍不住誇她：「哇犀利，女漢子！少有女仔像你這般不怕蟑螂的，靚女這麼有興趣，要不要買一個？」

「然後呢？」女孩把盒子又提高一點，歪頭嘗試從底下看牠們：「牠們出不來後，要怎麼辦？」

「啊，這個，你可以選火刑或水刑啊哈哈。」老闆故作幽默：「它透明，對不對？你就放它到陽光下，下午三點差不多啦，放到屋外讓烈日曝曬，兩天左右啦，甚麼都死。水刑就更簡單，煮一鍋滾水，倒進去燙死就是。你看，屍體倒掉，再放味粉，又能用，是不是？靚女你這麼有興趣，跟小男友一人一個，我給你打個折，好不好？」

饒是阿园，聽得兩個滅蟑方法，都不敢。

「為甚麼要殺死牠們，不能放生嗎？像——」說時遲那時快，女孩竟想抽起蟑螂屋上蓋，嚇得在場所有人退了一圈，幸好阿园掰得緊，連忙奪去還給老闆，並在對方忿怒的罵聲中拉走女孩。

原來，她竟沒見過蟑螂。

「在街上見過屍體吧，家裡沒有。Mammy 說打掃得不夠企理[7]的話，會

7. 企理：清潔，有條理。

fire傭人姐姐。所以我家總是很乾淨。」

阿囡尚未發現，他的香港，跟女孩的香港；他的根，跟女孩的根，並不相同。

※

下決定以前，工作檯的案頭有兩封信，一直擱在抽屜裡。

上司不時來問：「能交了？」妻呢，間中問：「交了嗎？」前者問的是上頭發下來的宣誓書；後者問的是他應提上去的辭職信。

日子久了，兩封信像交錯的迴環，纏捲如紋。

後來當權者解釋時局動蕩的原因為：狗食太優裕，替狗繫的頸圈卻不夠緊。狗自然吃飽撐肚拉好沒事幹翹著二郎腿挖耳朵鼻孔時想出反咬主人的餿主意，準是如此。

改改吧。狗食依舊豐富，頸圈則換成硬糙材質，且豎出幼刺，霍地索緊，苛求絕對忠誠。於是文件、條例、草案、同意書，白紙黑字印成一行行繩，繞細留下來的人逐一簽署聲明——俯首於所有權力——我願意、我承認、我同意、我明白、我可以。我罪我罪我罪。

所有在職公務員必須宣誓，以身心、一生、徹底地，效忠政權，所有決定，義無反顧，不得忤逆。

「公務員是特區政府管治團隊的重要組成部分，有責任擁護《基本法》，落實『一國兩制』。公務員宣誓，或簽署聲明，是承擔責任的明確體現。」

阿园本無意結婚，至少沒想過跟女孩，並未預料往後的貓、置業、孩子。九十年代，他考上公務員，在救護車上，整天游走於城市角落撿拾傷者，血肉模糊，肢體扭曲，呻吟，竭斯底里，醉酒，沉默。

更多在送院途中業已消亡。生命曾緩長精彩，然而死，僅是半程車的剎那。

「公務員須認同香港特區是中華人民共和國不可分離的部分，支持『一國兩制』在香港特區實施，以及支持和配合特區政府施政，包括支持特區政府實施《香港國安法》，維護國家安全，盡忠職守，表示公務員應按香港特區政府的政策和決定行事。」

公路上大型交通意外。

巴士撞上公車站，翻側，車身擠壓、塌陷、變形，乘客被扭曲破碎的座位、金屬、車牆吞噬，另一半因恐慌而人踩人，大喊救命。車廂血漬滿布。

一名候車乘客被捲至車身中央部分，生生壓死。

女孩到外國交流延畢一年，回港後，與他在餐廳切食紅嫩帶血的牛排。阿园嘔吐。

「公務員必須堅守法治、廉潔奉公，履行公職時保持政治中立，不受本身政治信念或政治聯繫所影響、支配。應盡職盡責，盡力把職務做到最好。」

老婦人跳樓，肢體扭曲，尚有微弱意識。

眼神凝望不遠處一袋紅白藍尼龍袋。人員搜看，裝滿老婦已為自己準備好的壽衣及後事細項，乾淨綿軟，泛著剛洗完的柔順劑香氣。

女孩開始上班，與他分享初入職場的挫敗和喜悅，飯後在維多利亞港旁散步。阿囝時做噩夢，想著怎樣提分手。

「我們希望造過宣誓或簽署聲明的安排，令公務員更意識到其公職身分所帶來的責任、承擔及要求。宣誓和簽署聲明不會影響公務員的公民權利。根據《基本法》及《香港人權法案條例》，公務員和市民一樣享有言論自由、和平集會、自由結社等權利。」

颱風翌日，一顆長在水泥地上被裁根的老橡樹塌陷，當場砸中一個趕著上學的高中生。

枝椏穿戳胸腔，梢間尚有連葉，沾有詭黯的紅。阿园想到女孩說過的鳳凰木，深紅落瓣。

樹似於人的腑臟、骨骼、組織間生出來。

女孩說起朋友結婚、成家。阿园仍未想好如何提分手，很累，狀態不好，聽到的話左耳入右耳出。

他開始不再做夢。能睡，一覺醒來，無夢。做夢的能量好像被甚麼吸咬叼去。

「但這些權利並非絕對，任何人行使權利時，都要兼顧國家安全、社會安寧、公共秩序。以下行為為違反誓方或聲明例子，包括宣揚或支持『港獨』主張；拒絕承認中華人民共和國對香港特區擁有並行使主權；尋求外國或境外勢力干預香港特區事務；及其他危害國家安全行為……」

一對夫婦以紅酒佐安眠藥於酒店套房燒炭，膚色粉嫩如玫瑰，已不省人事。

阿园與主管各為二人做心肺復甦。他按著，開始覺得眼熟——這眉目這五官這鼻尖——莫不是，不不，阿园壓下不安，不會的，他認識那個，還有孩子，平常陽光正向，生活安定，不會——不會的。

同事來告，另一房間內有小孩屍體。

他的中學同學，跟他在天台把球打飛的球友，輟學後去了當股票經紀，健談多話，二十多歲即結婚、置業，兩年後生小孩，成功人士。此刻皮嫩如微燻的乳豬。

女孩說，Daddy Mammy 要帶弟弟去加拿大。我不想走，我的事業才剛起步，我喜歡 Asian Food。阿园，我們結婚，好不好。我們可以建立家庭，養貓，生小孩，住父母留下來的房子，落地生根。一切都會很好的，一定。

妻這番話，在他往後的生命裡還會出現兩次。而每次，他都會說，好。

她在海旁哭了，風裡有鹹味。她願想穩定美好的生活。妻說：「你會喜歡的，阿园，海景多美，讓我們在這裡落地生根。」

很久以後，阿园才琢磨出這句話的違和感。首先是海與根的關係，然後「在這裡落地生根」，意思是，也可以不在此處，沒有牽連，非關深種。離開與留下，都是一種選擇。

那是一九九七年。

香港回歸，金融風暴，移民潮。

誓言／聲明內容

我謹此聲明：本人為中華人民共和國香港特別行政區政府公務員，定當擁護《中華人民共和國香港特別行政區基本法》，效忠中華人民共和國香港特別行政區，盡忠職守，對香港特別行政區政府負責。

（二〇二〇年十月更新）

案頭那兩封信，一封是公務員效忠政府的宣誓聲明，一封是辭職信，一直擱在櫃裡。

上司不時來問：「能交了?」，妻間中問：「交了嗎?」

日子久了，兩封信像交錯的迴環，纏捲如紋。

（三）

後來，女兒說，樹樹要搬家了。阿园就懷疑，她甚麼都知道。

她參加小學的表演活動，戲劇老師讓她演獨角戲，講述一個因少時受過傷害，不願再掏出真心應對，害怕付出與收穫無法形成正比的主人翁，某次散心時，發現一個小女孩細心澆灌植物，移盆、裁枝、摘枯葉。

女孩跑到不遠處的小田裡往甚麼澆水，蹲下來背向陽光。

（主人翁湊過去，小女孩的影下，有一株小樹苗。）

主人翁：「這是甚麼品種？」

女孩：「我在種牛油果樹。」

主人翁：「為甚麼？」

女孩：「因為我喜歡吃牛油果。」

主人翁（疑惑）：「但牛油果不是很難種嗎？種一棵樹還要待它開花結

果，少則要十年八年吧，你怎麼確定自己能堅持下去？」
主人翁（更疑惑）：「哪怕會堅持下去，你怎麼知道它一定能平安生長呢？」
主人翁（更更疑惑）：「哪怕能平安生長，你怎麼知道屆時它必定能結果呢？」
主人翁（更更更疑惑）：「哪怕能結果，你怎麼知道結出來的牛油果會好吃呢？」
（劇場指示：稍頓。）
主人翁：（最疑惑）「哪怕結出來的果真的好吃，你怎麼確定自己那時候還喜歡吃牛油果呢？」
（小女孩轉身，攤出雙手，不知哪來掏出兩顆牛油果，朝向觀眾一笑）

小女孩：「你要吃牛油果嗎？我請你吃吖！」

（終。）

這是戲劇老師寫的劇本。疫情關係，課外活動改為線上。可憐導師絞盡腦汁，終於想到每人分配一段獨角戲，輪番演出，連成統一主題。還得設計道具，宅配運送到家——兩顆來自加州的包裝牛油果；幾根竹籤；一個被剖開的塑膠瓶底；一頁手寫的栽種牛油果步驟。

女兒不懂得牛油果，導師買來兩顆，讓她親身試種。這年紀，甚麼都覺得好玩，她抱著兩顆紋理皺曲，似長滿疙瘩的圓果時，大喊：「原來就是老了的蛋！」

阿园奇道：「嗯？」

「老了才會又黑又皺皮嘛，平常白白滑滑的就是年輕的蛋，這就是衰老的蛋！」

「蛋不蛋，小笨蛋才是。你吃過喔。」妻剛把傭人教訓一頓，從房間出來，以為無人聽見，加入對話：「上次吃時不就試過，Avocado 嘛。你很喜歡的 Guacamole 就是用它製的！」

妻近四十歲才生下女兒，高齡產婦，剖腹，風險大，阿园想過放棄。在那前幾年他們已買下一頭英國短毛貓，鬆軟的灰藍毛，憨憨親人，總鼓著兩顆無辜的黃眼珠，在門前等他們回家。

起初妻疼其如小孩，購來寵物衣衫、裝扮；買生肉糧，挪威三文魚、安格斯牛排、春雞，付之以全數愛和心機。但貓是這樣的生物，過分煞有介事的關注將使其緊張，且無法滿足妻想帶牠外出、在家見朋友的期望。幾回友人來訪，貓即嚇得躲於沙發下，不願出來。

妻笑說沒關係，用眼色使喚阿园扛起沙發。她一瞪，他只得依從。妻即一手抓住貓尾，以拇指與四指箝緊貓的上腹，另一手抱托下盤，看似柔順親暱的懷抱，實則運勁箍制貓身，使之動彈不得。貓焉能受驚，迅身反撲，掙扎，在她白皙的臂間抓下血痕，逃之夭夭。

客人們倒抽一口涼氣。

阿园在房間角落找到瑟縮的貓，可憐的孩子。多番折騰，貓開始掉毛，頭頂禿上一片，性格漸變孤僻，討厭擁抱，偶爾主動過來磨蹭兩下，又忽倏用力抓咬一切物事；夜半嘶叫，吃得少，時常嘔吐。醫生說牠是壓力過大，無甚處方可治，只能盡量調整環境。

阿园想壓力過大的可不僅是貓。

妻說，果然，終究不能把動物當孩子。還是、還是有個孩子，比較靠譜。

那是二〇〇三年。

過年時，妻的父母回港探她，下榻於九龍酒店，回加拿大後發病，後痊癒；

但在加國被父母傳染的弟弟，則於入院五天後亡故。

幾年後女兒出生，妻以極其完美、完善而絕對的計畫養育孩子，衣食住行，無微不至。譬如飲食上避開所有色素、味精和添加劑，食物裡幾乎不加或不選具鹽糖的；零嘴糖果自然不在話下，任何鄰居、親戚，甚至幼稚園內派的百力滋珍寶珠繽紛樂都被妻轉身丟掉。取而代之，妻會買各種健康食品，果乾、蔬菜脆片等。

阿园想，若世上有一種無塵無菌的人用保鮮膜，妻定恨不得買幾十卷，把女兒像隻木乃伊般從頭嚴實包至腳尖，密不透氣。

在女兒的世界中，食物與殘忍、辛勞無關，食物就是食物，就是被進食消化；與植物無關，植物就是花店或學校、樓下公園、街上種的花草樹木，供人觀賞用。

還真的，把女兒教成了徹底的人類中心主義。

當她發現，「進食」跟「種植」是互為概念時，即躍躍欲試，要取果來種。父女倆根據指示，在果核下分別戳入三根竹籤，為被剖開的塑料瓶注水，並把果核擱在其上，讓水僅掂得底部，不可整顆浸泡。每兩三天換一次水，女兒投入其中，換得勤快，時跟阿园分享幻想，要一直種，種下去，變成樹，爬上去摘果，一人一個，蘸好多好多脆片。

阿园笑她傻。貓開始嚶叫，慢性病日重，時常嘔吐，躺於織物上，一身餿腥，家裡似乎只剩下女兒毫不介意與之親近；父無法講話，整天用著腹喉能發出的悶叫表達不滿。

女兒說爺爺的嗯嗯聲，似蟬鳴。

兩星期後，其中一顆果核兩瓣裂開，一枚小小的幼綠芽竟從中間擠出，往上頂生，觸水的底部蔓出雜短如鬚的白根，貪婪吸水。女兒好高興，排練時向戲劇導師匯報，更拿來尺子每天量度高度，紀錄苗長高多少。再一星期，莖間長出嫩葉芽，小小一顆顆，似青綠的乳齒。

相較下另一棵一直無甚起色，沒發芽、沒長根、沒裂開，甚麼都沒有。逾月後再看，才發現種子染上斑斑霉點，竟是不知何時起內部已被霉菌入侵，蛀得腐了，沒救，只能丟掉。阿园安慰女兒，沒關係，我們還有另一棵，長得多好。

是的，還有，總有餘地，還有另一棵。

牛油果苗越來越高，葉片茂盛舒長，水種基底開始有點支持不足，頭重腳輕，莖幹歪斜，更似有慨慨往前墮之意。阿园一看，這是得移盤下土了，想起住在新界的舅父屋前有塊田，想拜託他照顧，直接種於土裡，回歸大自然，長得更好。

睡前，阿园給女兒講繪本故事，想趕在妻洗完澡前上床裝睡，怕她又念移民、辭職、賣房子。但女兒興奮，猛向他比劃獨角戲內容。回到房間，妻塗著面霜，興奮地說，我想到一個好法子。

他知道通常是餿主意，但繼續問，嗯？

妻說：「我們把你爸送上去，給你哥，我們不就能走了。」

輕巧、隨意，彷彿句中的「你（中風的）爸」可以置換成任何物事，白菜、蘿蔔、鹹魚、雞蛋，一揪起，送上去，讓對方開門、接住、簽收。OK，大功告成，宅配到府。

這是一場盤算多年的陰謀——伺機從老父及他身邊，徹底盜去（保護）女兒的陰謀，阿园這樣想。她恨他們。犟固且忠貞的生命觀，族群與階級的優越，致使她無法原諒——她說，You people，意思是，被區分出來的，他們一家，Mainland Chinese。

※

女兒未滿一歲，阿园和妻手抱著她回鄉。幾年前，祖屋重建，考慮父子的業權分配，阿园每月回鄉幾遍，開始與家族熟稔，認得親戚。妻不曾隨他北上，托詞間難掩對鄉下人的輕蔑，他不勉強。這次有了孫兒，父堅持要帶回家鄉拜祖。四人從紅磡坐三小時直通車，抵達東莞。同是車站，中午時分，人是一樣，排頭不同了。侄兒夫婦和三叔開車來接，兩台車，說是訂了館子，吃蒙古菜，為他們洗塵。

一去到店家，竟哄哄嚷嚷坐了兩桌子的宗親，都是來看望新生的小女兒，輪接封大紅包。光鮮一點的會包個利是封，粗氣一點的則直接奉上紅彤彤的鈔票，幾個親戚閒瞥見銀碼，更要較勁，尤如競投，不斷增價，互不相讓，幾乎大打出手，鬧得阿园與妻難堪尷尬。

飯後，侄兒載他們到翻新後的祖屋，車行之處許多風沙石路，磕得騎馬一樣，妻有點作嘔，侄兒笑道：「這馬路半年前才鋪，鄉里們不聽話，未凝好就走上去，害得凹凹凸凸，結果上月又鋪了次，現在一塊一塊的。不怕啦，很快就慣。」

侄媳說看窗外，望遠點，望遠點就不暈了。哈哈，做人也一樣。

入目盡是工地、施工工程、塵土、鑽挖機，襁褓中的女兒被轟轟作響的機器嚇倒，哇一聲哭起來。

妻用廣東話在阿囝耳邊說，真係好鄉下。

「這是荔枝樹，記住咱們鄉下，荔枝生得最好哇。」侄兒的車轉入小路，邊向妻導覽小鎮風光，邊往祖屋前進：「嫂子妳問問阿囝叔，瞧這世界變的，第一次來，還坐我爸兩個輪的，現在來就成了我開四個輪的。嘿。誰想到呢，從前囝叔帶褲子給我們穿哩。國家現在發展快，人人富強，政府和發展商收光了地，建鐵路站啊、購物城、高速公路、酒店，錢多得掙不完，收到手軟。單是收地的錢就打跛腳都能過人世。不過砍了許多荔枝樹吶，幸好阿嫲家前那棵，是說甚麼都要留下的。」

「囝叔叔和嬸嬸暑假有否計畫去哪玩？可以去上海世博會哇。」侄媳續說：「多風光，世界博覽會，在我們國家辦耶。我們幾家人都買了票去玩，你們也來嘛。」

侄兒和老婆只比阿囝年輕幾歲，說話老氣橫秋，還從倒後鏡瞄向剛哭完睡去的女兒：「不過跑多遠都不能忘祖的。先認住棵荔枝樹，將來小表妹一個人回來，也不會迷路。哈，一家人嘛。」

祖屋五層高，地下是店面出租，其餘房間分予家族眾人。他們分得一個二樓的兩房單位，電視能接駁ＴＶＢ，但每到賣廣告時即切成大陸廣告，哇哈哈、蒙牛、李寧，且切不回正劇，害劇集總追得斷斷續續。

那晚，妻終於得知老父有兩頭家，一個在戰前，一個在戰後。事實上是哪次戰，二戰、內戰、大躍進、饑荒、人民鬥人民的文革？是甚麼緣故，讓老父非得放棄整個家庭都得隻身跑路？跟他的身分有關？形勢？政治手段？恐懼？抑或老父單純怕死，怕得能狠心丟下家人？

如果明天可能就要死了，要拋卻所有，孑然苟且地活；還是抱著所有羈絆和欲望，緊緊抓住，直至最後一刻？

是怎樣的割捨？

連阿园也不太清楚，多年來這樁事好比懸案，彼此皆有緘默共識。他們從不在家裡提問。自十七歲首次回鄉，他終於發現，家裡的祖先牌位側處，原來多出一行小字和一個香爐。阿园甚至需以如此沉默迂迴如解謎般的方式，才能窺得兄長名字。

但妻的生命，比較單純。黑白二元，非此即彼，教養高雅優秀，儼如判官。她錯愕如陷入一場所有人共謀的騙局——背叛家庭、拋妻棄子，後又重認舊愛的男子，就是花心、不道德、腳踏兩條船、貪生怕死、逃兵，罪該萬死。而她的枕邊人——他的兒子，他的家人們，竟暗自默許，無人戳破及斥責。

阿园問，但若他不走，就得被槍斃呢？時局如此，或許有甚麼難言之隱？有頭髮誰想做癩痢。能安穩活著，誰要跑掉？

妻更激動，視作狡辯。但每個人有選擇啊，有甚麼比家人更重要？家人不走，若是我，無論如何不會獨善其身——還要走了後再找一個，結婚生子？不，不，對所有人傷害都太大了。她急起來，一股腦兒說英文。

'You people are totally insane, ridiculous!'

（你們這些人都瘋了，荒謬！）

女兒又開始哭了，夏天鄉野間蚊子多，放下蚊帳仍被叮得一塊一塊。床板很硬，冷氣尚未裝好，只有從隔壁搬來的電風扇。妻抱著孩子，恨恨說，這是我最後一次來。

阿囝於是知道，儘管同生於香港，一個是殖民時期精英家族，早年移居西方；一個是偷渡來港的大陸草根家庭，如今在東莞當暴發戶。他和妻的根和鄉，從不是同一個。

那年二〇一〇年。

世界博覽會定址上海舉辦，開幕焰火計有十萬多發，把整個城市的暗晚驅走，亮如白晝。

回來後，妻請來傭人照顧女兒。父是聰明人，識相保持距離。又過了幾年，父中了風，半身不遂，妻遂建議送到安老院，阿园皺眉，她一瞪，他佯裝不見。但傭人確實分身不暇，難以兼顧女兒與父。阿园終究敗陣——妻的決定，絕對，確切，必然，且判斷合理。

近半年，疫情關係，安老院謝絕探訪，阿园聽聞長者們相繼病故於院內，孤伶伶，連最後時刻都無人來看，淒淒涼涼，心裡一酸，執意把父接回家。

父似個皮球，從大陸滾下來，老了洩氣，送進安老院，復又被接回來；如今再被提議，送回原初之地，滾來滾去，踢來踢去。

（四）

流言似蠅，嗡滿城市腥臊悶熱的角落。

討論區、KOL和陰謀論者紛紛說，警察打死抗爭者後，會把屍體丟進海；或從天台推下去，偽裝自殺。阿园的朋友紛紛向他這個救護員求證，獵奇及八卦多於求真印證——是不是真的啊？近來有否覺得屍體比較硬？會否已死了多天？上面有明顯傷痕嗎？有血水麼，還是已乾了？

阿园概不回應。

他繼續上班，在救護車上，整天游走於城市角落撿拾死者，血肉模糊，肢體僵硬，發紫，杏目圓瞪，蒼白，沉默。

心底有悄然養出的問號——城市裡無日無之的生命消亡，與時代的絕望有關嗎。

阿园脫下塑膠手套，洗手，洗得很慢，反覆擦拭。

事情對他的最大影響是，多年以後的如今，他竟又開始有夢。與日常裡的血肉生死全然不同，夢裡都是非常瑣碎的生活小事，卻在同一場景內不斷重覆。他總在進行某一任務，夢裡無人，視角更如近鏡般只聚焦在手部，不可移動，不可環顧四周——只可完成手上的事。

扣一顆鈕扣。
用鑰匙開門。
扭開一個瓶蓋。
撕下一片保鮮膜。
把線頭穿過針孔。
為一疊散皺的紙釘裝。
在一撮米中抓出一隻米蟲。

……

每個夢只分配一項工作，絕不重覆。阿园知道他必須完成任務才能離開被定住的凝視。這不過舉手之勞，他以為隨意即可完成，然而看似簡單易為的工夫，竟恆久失敗。

繫不上的鈕扣洞；無法戳入或難以扭動的門鎖和瓶蓋；只能一直拉扯且滾動如軸的保鮮膜，韌度過高；總與針孔錯開或分岔的線頭；永遠釘壞的釘書釘；詭異地閃躲過快，更傾向於像蝨子的米蟲。

幾遍下來，自信被削平，開始質疑——怎麼連這些瑣事都辦不好？是自己不夠努力，沒有認真付出嗎？是他的問題嗎？

是他做得不夠好嗎？

每次他告訴自己，差一點，就差一點點，只要他再努力一點，再用力一點，再、再使勁一點。再快一點。再早一點。

那人或許就有救；這裡或許就有救。

友人甲說：「你不是相信甚麼留下有用之軀的說法吧？多你一個不多，少你一個不少，顧得自己萬全最重要。」

乙說：「難道因局勢未嚴峻到生死之間，就以為自己還有選擇？別那麼天真啦。」

有甚麼追趕著他，有甚麼龐然大物驀地衝來，俯身，大嘴叼住他的右腿，咬中了，緊緊的，任他如何甩擺身體仍不能逃脫。被抓住了。他被抓住了。

醒來。有汗。下身疼痛——他的右手正狠狠捏住他的大腿肉。

他可憐、獨裁、單純而脆弱的妻，一遍遍，一遍遍在他耳邊央求，阿园，我們一起離開吧，遠離這裡。去臺灣，這次我選好了，不會再像上次般失敗了，去臺灣。到了臺灣，一切都會好的，讓我們落地生根。

這是第三次，阿园依然說，好。

※

妻開始著手辦程序，找移民公司，諮詢意見，提問成功機率，打聽小道技巧，整天跑來跑去，回家就累，仍不忘問他父和牛油果的事：「種不好也罷，種成了也不能帶走，找誰替我們顧呢？這不是讓她徒傷心麼？」

阿园一頓：「我舅父住新界村屋，喜歡搞些園藝，我看看能否拜託他。」

「想了法子就好。」妻在梳妝台前整理一大疊文件：「你知道我多累，太多事要煩。有些決定你就幫忙做，總是好的。」

有時他覺得妻像個獨裁者，絕對、要求服從、權威、一言堂，不可忤逆反抗，拒絕溝通，意圖溝通即心存異念，不可饒恕。

女兒說，她的樹樹要搬家了。

從元朗站轉小巴，下車後過馬路，對面就是舅父家的村子。他順著她的話，對啊，往後就不能時時看樹樹了，會想念樹樹嗎？

女兒點點頭，但它種在這裡，沒腳能跑，我就永遠知道它在這裡啊。哪怕我們分開多遠，我都能回來這裡，找到它，看它過得好不好，長得多高，嘿嘿。

有時，他懷疑女兒甚麼都知道了。

前往舅父家的路上，二人還遇上野豬。毛色雜糙，翻找路邊垃圾筒，大口嚼食垃圾袋中殘渣。女兒看過新聞，早前一個警察叔叔執勤時被野豬咬傷，政府即宣布組成人道處理野豬小組，每週定時派出人員捕抓野豬，並即場人道處理，呼籲市民積極通報，以便人員更有效率處理。

她問同學甚麼是人道處理，是放回牠們嗎？

同學一臉鄙夷她的無知般皺眉：即是人道毀滅，打毒針，殺死牠們啦。並繪形繪色反個白眼裝成中毒相。

她自然不敢向爸爸求證。父女倆路過時，都有了共識——小心避過，別驚動一切。

演出日子漸近，阿园常聽到房間傳出導師給予的建議：「⋯⋯怎麼說，現在不太看得出兩個角色的層次，感覺仍是妳。妳要演出兩個人的分別才是，一個大人，一個小孩子，大人都怎麼說話？試試再直接自信點？小孩的部分試試用鼻子發聲，那種奶聲奶氣的娃娃音？」

女兒在房內又做了一遍。

「嗯嗯，好多了，語氣是抓住了，但人物心理你大概得花點時間揣摩一下。譬如，主人翁多大？一個曾抱著希望繼而幻滅的人，在發問那些問題時，是怎樣的心情？為甚麼會如此激動？同樣，為甚麼小女孩最後的回應會是遞上兩顆牛油果，這代表甚麼？」

戲劇老師給予的是大作業，要用功的不只是身體。

在妻的教養下，女兒向來英文比中文好，她問爸爸，「幻滅」的英文是甚麼，這讓她較好理解。

阿冚被難倒，想了好幾個詞也不對，叫她直接查詞典吧，倒變成自己逃避，這不是一個父親該立的榜樣。他應當認真面對，尋找準確詞彙，最好一擊即中，深入淺出——儘管挑詞的過程相當危險，不免曝露選擇者隱藏而赤裸的想法，更可能接續傳染，誤導接收者的認知。

因而，要怎樣翻譯這種情緒而又能藏得好好的？

阿囡最後選了 disillusion，自恃夠中性。女兒卻撇撇嘴，他問怎麼了，女兒腮裡鼓氣：「但媽媽說解作 vanish，你們到底哪個才對啦？」

Disillusion，使之清醒，使覺醒，令人灰心的，潑冷水——從偌大的幻覺中踏空摔落，認清不過幻夢一場，去魔魅，褪走幻象般的濾鏡。

Vanish，使之消失，絕跡，突如其來，措手不及的失去——

這是他與妻間的認知差異嗎，之於許多許多，似那次失敗的嘗試。

（五）

幾年前，另一場運動在香港發生後，妻就提過離開。雙親老了，時時惦念她，她的家族皆於海外落腳多年，定居各城市，那才是她的歸屬。孩子四、五歲，尚未念小學；父也健康，能照顧自己；貓尚未病弱得不能坐飛機。不論是妻當時的論調抑或事後回想，那確是最適合的離開時機。妻說，阿囡，這裡瘋了。讓我們離開，去更好的地方。一切都會變好的。

阿园沒有猶豫。為此，他們特地請了兩個多月假期，更讓女兒從幼稚園休學，舉家開車到加拿大不同城市體驗居住生活，阿园開車，多倫多、魁北克、蒙特婁、渥太華、卡加利、溫哥華，幾乎走遍全國。

起初像一場好玩的旅行，整天跑景點，大教堂、博物館、皇家山、大瀑布；吃 Beaver Tails、Poutine、豌豆湯、楓糖蛋糕；玩雪，堆雪人，打雪戰。

但雪一直在下，綿厚，紛落，淹沒視線。

有一天妻懶在床上，不想出去。她在被窩裡抱著女兒，一時說好冷，一時又好熱。一摸兩人額頭，竟是高燒。必是不習慣天氣，著涼了。阿园開車載他們去附近診所，概不接收，原來加國看病，必得登記輪候相熟家庭醫生，不然只能去 walk-in clinic，還需預約掛號，而當天已無空位。於是他又開了一個多小時的車到了市中心醫院的急症室。女兒燒得燙，妻瑟縮打著哆嗦，仍等了六個多小時。

二人都燒得昏昏沉沉，女兒流著眼淚喊痛，妻也不清醒，半睡半醒間，扯著阿园衣袖，嚷說女兒要燒壞腦子了，救她，救她。

醫生開的藥很少。國人奉行身體打倒病毒，自己痊癒，能不吃藥盡量不吃。

妻在迷糊間，嗚嗚咽咽，念著想吃粥和光酥餅。

阿园找到附近有超市，但不敢丟下母女倆獨自出門。最後外賣點了遠處一家泰國餐廳的海南雞飯。送到來，雞自己吃掉，白飯加開水，煮成潮州粥，只能盼著妻願意將就。

病癒後兩天，妻很沉默。

他們本已談到定居的城市、學校區、置業、工作。

晚上，阿园勸她出去走走吧，女兒較早康復，已在家看了幾天電視。妻同意，他們去唐人街，預定了一家上海菜館。時間尚早，女兒想逛附近商場的文具店，很舊，似香港九十年代的複合文具及書店，可租愛情及武俠小說，還有算盤賣。

店家對面是個美食廣場。「剁、剁、剁！」有人提刀，手起刀落，在斬叉燒。蜜汁，好香。架上掛滿紅腸、燒肉、燒鵝、燒鴨。

妻突然說，我想吃這個。

於是一家三口坐在油膩且飄飛蟲子的公共桌椅，吃兩碟燒味飯。老闆聽出他們是香港人，特地送了半邊鹹蛋，還在白飯淋上豉油和薑茸。阿园低頭拚命扒飯，視線聚焦，不敢看妻的表情。

回港前一晚，妻倚在窗邊，雪下得很大，淹沒窗邊。

阿园就知道，她心裡有了想法。他驚訝的是，長久以來，妻的英文那麼好，成長於殖民時代中產階級，很早已到過世界各處。他以為她也像父母般，是世界公民，哪都能活。但一遍遍，離不開的，竟都是她。

他在她肩上添衣。

妻驀地問他，有否讀過張愛玲寫的《傾城之戀》。

他說只看過電影，許鞍華拍的那套，周潤發和繆騫人主演，普通。

她又問，你記不記得拍拖時我告訴過你，我中學裡有一大片樹林，種滿鳳凰木，很紅很紅。那時我們德育課，要背校史的，才知道它又叫影樹。老師說，這樹多巴閉，張愛玲都喜歡，據說連蕭紅的骨灰都是灑在影樹下。這花，真太紅了。每年一簇簇落在樓梯間，我們都以為學校失火，燒起來。

「我一直在想，為甚麼這般豔紅的樹，會叫影樹呢。鮮明突出，搶眼，哪似影子？」妻一直沒看向他，彷彿自說自話：「後來我終於明白了。」

「因為天上著火了，燒成一片，那烈火熊熊的焰太亮，便倒映烙到這種樹上。所以影樹的影，其實是火光的倒影呵。」

「阿园，天上著火了，神祇間亂成一團，誰還有空理我們這等凡人的小事，是不是？」

阿园好想走過去，抱著她，把她的頭按在胸懷裡，緊貼得讓她毋須再面對世上任何物事狀況。

但他們不是這種夫妻。

「明天就回去了。別太晚睡。」

妻說，嗯嗯。讓我再涼一陣，一陣子就好。

後來好奇下，阿园特地讀了《傾城之戀》，留意寫到影樹的部分：「紅得不可收拾，一蓬蓬一蓬蓬的小花，窩在參天大樹上，壁栗剝落燃燒著，一路燒過去，把那紫藍的天也熏紅了。」

那年二〇一五年。

前一年雨傘運動爆發，香港防暴警察在群眾聚集的現場，共施放八十七枚催淚彈，更一度威脅開槍。

※

到了舅父家，他剛好在翻土，有一堆不同品種的小植物、小株苗也要移進泥裡，遂先為女兒示範過程，讓她親手替樹樹移土，自己則回到屋內與阿园閒聊。

舅父問他還順利嗎，他爸呢，要否送回安老院。

阿园說，後來他仍是打通了電話，與二哥討論父的去向。不，這是好聽的說法，實際意思是，他揪起已病弱而輕得與白菜、蘿蔔、鹹魚、雞蛋無異的老父，送上去，讓對方開門，問他，嗨，你要接收嗎？

富有的人總是疏爽，二哥沒讓他為難，一口答應，好。

阿园想，果然是兄弟。

如此簡潔體面，恍若尋常交收一件物品的語調，甚至不過問任何細節原由的包容，反使阿园難堪。他非常歉疚。

他得承認，離開終究是諉過一種。

舅父看不下去他這樣傷春悲秋，打了根煙：「哎呀你哋呢代真係成碌木噉棟喺度。[8]生得好養得好，根深蒂固，要走不走，舉棋不定，還有閒情逸致打點啊傷感啊猶豫啊內疚啊考慮去哪啊，多奢侈。」

「你看你爸和我這一代，甚麼都沒有，打到來，管它兒女私情家族親情，不跑，死人的。還不是赤條條，說走就走，一下子就來了啊。唉，時代變，你們真特別麻撚煩。」

阿园想，原來兩代憂鬱的形狀，是不同的。

這一代的憂鬱，是樹的憂鬱；上一代的憂鬱，是鹿的憂鬱。一隻動物上路，

8. 哎呀你們這代真的像棵木頭般豎在這裡。

四蹄一躍，就是上了路，光溜溜，幾近無法回頭，無太多行裝，因而遷居至此，忍痛割捨。

如今他們卻被養得猶豫而奢侈，如一棵棵埋根極深的樹，枝間交錯，害羞，被動，遲滯。直至森林大火，不得不把根與枝幹拔削，裁成移行工具，許多包袱、負擔與傷感，無從抉擇。

樹的憂鬱（下）

這是個奇怪的組合，在一個奇怪的時機，做一件奇怪的事。

凌晨十二點二十分，校園內，雯靜、男友和賢哥待在他那台出產近十年的Toyota Camry，伺機行動。雯靜對這台車特別有感情，這本來是爸媽剛移民來臺灣那年買的新車。在港時，爸爸習慣開車載他們母女四處去。來這邊後，倒嫌棄新市鎮的公共交通系統不方便，索性買車。後來爸爸再換車，便把它出讓給賢哥。

雯靜摸摸身下泛有摺紋的車座，驀然十年就過去了，她也快要大學畢業。

為了低調，賢哥拔掉車匙，三人在灰黯的空間內待命，男友抱著長得像吉他的大鏟子、肥料和泥，雯靜捧著樹盆，盆中物枝幹繁密，恣怒在車廂綻張，頂撐窗子，碎葉和著泥末落地，幸好事先鋪了墊。

還有十分鐘。根據計畫，環校騎車巡邏的駐衛會在十二時半抵達附近巡簽，並在兩小時後再來，該足夠三人挖坑埋物。他們在大學邊陲的倉庫後找到一片草長及身的林子，據賢哥說，十多年前學校本想開發這邊當觀光點，弄個校湖泛舟，投資途中發現水利問題，資金不足以解決，最後直接放飛。

賢哥歎氣：「怎會陪你們這些小鬼頭瘋？這幾天發生的事，今天我就該開車回北部開會……」

雯靜說：「不會吧，這樣還選得下去？有沒有止蝕期之類，趕快退選，說不準還能取回保證金。甭去開會啦，還不是聽鄉親父老指點江山。」她用廣東話再說：「阿支阿左。」

「要為香港人做點事」當初本著這樣的信念參選，連這提議也好像是大夥醉後胡謅出來的餿主意，她從不看好，更遑論當下的紛紛擾擾。

如果明天就要開戰，後天還會有選舉嗎？雯靜本著這樣的疑問，決定今天要把她的樹栽進土裡。

十二點半，眾人下車，沿倉庫後闢出小徑，不敢太近下手。原以為走得越遠就安全，然周邊越發荒蕪，燈光趨渺，連路也開始沒有，草長繞身，高得刮臉，腳下開始冷濕，如纏泥沼，是難走了。只得又往回頭，鞋襪都泡漿，一步步都是腳印，記認往還軌跡。

雯靜打趣說：「從前看過推理小說，犯罪現場裡只有單程腳印，實則誤導偵查，是兇手小心翼翼，回程時踩著同一足印倒走，要抹消回去的痕跡，假裝成『不歸路』。我們倒失敗，甚麼都被人看清看穿。」

男友其實不大願來，覺得外頭的消息鬧得沸沸烈烈，雯靜卻只關心她那死翹翹葉緣泛黃的盆栽（他可不認為那稱得為樹）。剛下課前，他還在跟同學看記者會直播，卻本著承諾和感情，仍參與移植行動，默默與賢哥合力挖坑。雯靜叮囑要比例盆子，挖得比盆的闊一點、深一點，「要讓根部稍稍高出地面，避免積水和爛根。」她邊說網上是這樣教的，邊替小樹褪盆，根條幼長交錯，得謹慎輕手，怕要弄斷。

男友看過雯靜對盆栽的偏執，沒敢表達對這次行動的質疑，他認為這不過是一次浪漫而自我感覺良好的冒險，對實際狀況於事無補。

好比手下耙挖的坑，到底是植栽生命還是埋葬死物，他不清楚。

「叫做咗啲嘢嘞囉。」就像雯靜評論賢哥跟一眾叔嬸投入選舉浪潮，並給他翻譯：「算是幹了點事。」男友卻覺得，好像不僅是這意思。

挖好坑，灌水，添有機肥料，把樹苗放入坑內，先覆一半土，加水，輕按根邊上的土，拍緊，讓空氣排出，再蓋另一半土，再加水。苗看起來直挺，不易倒，彷有生機。

※

新聞報出來時，媽媽在廚房烤完蛋撻，要捧出去招待客人，叫雯靜盡快把陽台那死翹翹的酪梨處理掉，省得堵位置。酪梨長得高，頂著天花板，卻總不夠壯，結不成果，近來葉子簌落，葉片卷縮，染上霉斑，狀甚不濟。

媽媽說起初以為能結果，酪梨果籽榨碎泡茶，滑腸去油，可以減肥。種了這些年，願望落空，現在還長得醜弱，不如丟掉。雯靜卻懷疑，她只是受不得親身目睹崩壞，怕承受不住，才要在確鑿而無餘地挽回的消亡發生前，先行砍斷。

離開香港前，爸爸把病弱的老貓托付給一個叔叔，他叫他學弟。分離那天，哭得撕心裂肺的不是雯靜，是媽媽，她把貓放進牠的專屬寵物袋，滿是爪痕，掮帶斷過兩遍，是她捨不得，醜醜縫補，又重用。貓喵了兩聲，沒太大反抗。雯靜不知道，這是一場體面的演練，還是多年來媽媽對貓，始終帶著歉疚——不，甚麼時候起，父女竟如此誅心，對母親避如洪水猛獸。是他們必須置放甚麼於生命對立面，視作惡意，才能活下去嗎？

幾年後貓還是在診所的氧氣箱內咽下最後一口氣，叔叔在現場開視像聯絡他們，貓「嚶嚶」叫，虛弱至放軟四肢一刻。雯靜以為自己會放聲大哭，但她竟沒有淚——連一絲憂傷或悲慟，都沒有。

辛苦牠撐過這些年，如今總算去得安祥。

仍是媽媽哭得最慘，鼻涕淚水都落到地上，打嗝，抽搐，眼睛紅腫。媽媽確實感情豐沛，好比當下新聞報導時，她是真的，嚇得驚慌失措，連蛋撻都滾落。

一架由香港開往石垣島的民航客機，接近目的地時，驀然失控，在釣魚臺列嶼急降，垂直俯衝墜落。日本海上保安廳即時派員登錄島上滅火，展開救援。受訪人員表示，飛機已完全解體，機上乘客連機長全員罹難，島上的林木還晾掛著衣物布條和零落的雜物。

新聞公布，失事客機內包括兩團遊客，包括香港出發的本地觀光團，以及結束行程回到石垣的日本旅行團，還有部分自由行旅客。中國外交部表態，向日方提出派遣人員赴現場協助處理，並要求把遇難者家屬遺體運回中國，以及介入調查：「還羅難國民一個公道。」

接下來事情就似鐵達尼號的方向舵，稍一扭挪差錯，就要撞上冰山，粉身碎骨。日方拒絕中國登島，但回覆會全力協助遇難者家屬，同意調查事件，並向國際民航組織提交報告。中國再發新聞稿譴責日方，即時遣發海警船進入釣魚臺海域，日方以快艇驅趕，中國出動戰機，於半空盤旋；美國介入，勸喻中方撤離，否則不排除調動軍艦。

那天的港人聚會，本來是要討論參選策略的，然而文明溫和的選舉，在暴烈墜毀且牽出國際危機的空難前，即顯無味。

「要打仗了嗎？」

「先別自己嚇自己，這種事情也不是第一次發生。」

許多年前，美國眾議院議長率領訪問團訪問臺灣，當時全球的眼睛盯著其航班從吉隆坡起飛，為避免軍事威脅，繞飛近七小時後，在近十一點降落桃園機場。據說當時機場還接過恐嚇，稱會引爆機場，阻止訪問團降落。那七小時的如坐針氈，讓許多人初嘗與戰爭擦肩的滋味。

「但這次死了人，出師有名。何況那時俄羅斯打烏克蘭，戰況不明朗，又有疫情，人人說是這些牽絆中國。這些年的韜光養晦，可不是為了今天？」

「選舉怎麼辦，還選嗎？」

「還問選舉，該問我們怎麼辦，房子怎麼辦！」

「真晦氣！親友都笑話我不該來的，要走就該去歐美。莫不是我想讓孩子接受中文教育，喜歡漢文化，不然省得在這裡受氣。」

「省省啦，裝甚麼高尚，還不是怕講雞腸，吃慣麵飯，貪港紙在臺灣夠好洗，當個土豪最實際？」

「別吵啦，這麼不穩，不如先回港或去英國避避？」

媽媽告訴過雯靜，香港人，是世界公民。

她聽起來，那意思是，擁有一直逃跑的權力。

「但有些人不能回港吧。」

「就是，香港的房子早賣掉了。」

「我不是指這個……」

「反正，我們只有這裡，還可以去哪？」

「可以讓我說說嗎？」被推舉為候選人的賢哥舉手：「我累了——我的意思是，逃不動了。我會留在這裡。」

關於香港人，雯靜的印象是，一堆亂七八糟的鞋子。

剛移民來這邊時，媽媽說這裡是香港村，是填海計畫下發展的新市鎮，密集鄰比，生活機能便利。他們一到埗便獲得大量善意，人們開車載他們去訂家具、找裝修公司，告知入學資訊、醫療機制。大家團結、向心力強，且熱情。媽媽最喜歡在一家叫「香港角」的咖啡店聚腳，老闆娘在港時是糕點師，除了沖調咖啡，還會做些蛋撻、菠蘿包、雞蛋仔招待熟客。

店面刻意標榜「港味」，牆面交錯貼滿港片劇照、黑白風景相與招牌造型，門口改成帶輪子的活動鐵閘，水吧上方更掛起用霓虹燈條拗成「香港角」三字，不過店子每天六點關門，沒人見過燈亮時的模樣。雯靜去過幾次，有種說不出的塑膠味，以為自己置身片場，來光顧的都是主角。

店裡客層多樣，有留學生和上班族，有以專業或投資移民的中年人，有與臺灣人結婚依親的，也有已留臺多年，退休搬來，口音歪掉的老年人。他們一家便是那時認識賢哥，他早年念研究所，跟他女友明微姐（現在是太太）曾訪問爸媽的移民經驗。後來明微姐當起了寫作人，出版小說、訪談錄、文化書，當媒體編輯；賢哥也有出過書，在大學當通識課講師。

雯靜不太敢跟明微姐說話，總覺她眉目間有點冷。

一幫八竿子打不著的人湊在一起，無非靠著幾點，一、燒燃最不著邊際的集體回憶：王家衛、霓虹燈、龍翔道、便捷的交通系統之類，權作取暖；二、抱怨兩地差異，被逼適應的不便，同仇敵愾——衛生紙怎麼不能丟馬桶、到底垃圾分類要怎分啦、整天下雨下得人都悶……三、分享極權統治下的誇張新聞，表達憐憫或嘲弄，「藏把傘子都判五年」、「現在搭地鐵要安檢」、「出個繪本都能顛覆國家政權，多脆弱」。

三點可以匯成一個面，把大家捕進去，竊以為共同體。

雯靜吃膩店內重覆的幾味包點，開始想到哪裡走走。爸爸買完車，又去考了機車駕照。媽媽卻嫌危險，怕得尖叫，猛說要掉了要掉了，喊救命。載不成媽媽，倒樂了雯靜，她環抱爸爸的腰，風呼呼刮臉，兩腳夾緊車身，飆起來，好好玩。

媽媽泡咖啡店，雯靜則跟爸爸在市區吃粿仔湯、烤麻糬、水煎包，逛大賣場。她在超商冷凍櫃前頓下，捧著一顆比掌心還大的酪梨，寫著「臺灣本地產」，小臉一皺。

離開前爸爸最後一次帶雯靜去看樹樹。當時田裡一片光禿禿，倖存的只剩短幼而切口不齊的枝莖，其餘屍骨全無。

「這陣子野豬來得兇啊，政府嚴令禁餵野豬，垃圾場那邊清得密。」舅爺收拾殘枝：「上星期又被抓了兩、三頭打毒針，豬群不敢過去，都跑來這邊，吃得我整塊田光禿禿的，都沒了。」

雯靜問：「爸爸，我的樹樹呢？」

爸爸語塞，舅爺搭腔：「哎喲，笑壞人，你的牛油果——為甚麼得是你的樹，不是野豬的食物？城市人，當植物是裝飾，私有化久了，就賦予許多幻想。死一棵花又傷心，枯一株草又難過。大自然啊，風雨吹打，本就無常，能長下來，長得好，你估易？」

於是當下，爸爸抱著雯靜和她掌心裡微軟的臺灣本地酪梨，聲線沙啞：

「我們重頭再來，好不好。」

店內客人形成群組，組織行動。從團契、聚會、育兒、共購團，到區內志工團、管委會、同樂日等，皆一手承辦，擔任幹事；雯靜開始學注音，奇怪的符號像戳人的枝丫，似被撕咬過的殘片，或如動物骨架的難明符號，開始影影綽綽，飛進她的夢裡。ㄋ是鳥，ㄊ是兔，ㄉ是刀，ㄍ是骨……她學不會，拼不上，念不出，這是甚麼文，甚麼語言，甚麼字？發音符號從筆畫繁複的方塊字，被肢解消減成僅餘偏旁的碎塊，她怕。

酪梨開始發芽，鑽出小莖。

群組避免高舉激烈的族群主義，怕惹來在地人反感，他們不談政治、議題，積極為居民謀福祉，幹事們僱人每年免費通渠、修理家電，建立社群關係，豎立形象；雯靜開始修歷史，皇民化運動、農民運動、蔣渭水、二二八、陳儀、雷震、黨外勢力、美麗島事件。

她實在念得不怎麼樣，終歸沒太大歸屬。爸爸請來賢哥替她補習。那是段快樂的日子，他們是那時混熟的。賢哥總穿同一件深綠色背心外套，口袋夠深，可以藏手搖茶。在媽媽高壓的監督下，他暗渡陳倉，攜來茶飲，以及更多有的沒的冷知識，書本上有寫的、沒寫的；臺灣的、香港的、世界的、過去的、現在的、生活的、想像的……

她問賢哥：「這裡寫的國民政府一九四九遷臺，是從大陸過來。爸爸說過，爺爺也是一九四九年後從大陸到香港的，那麼會不會，如果當時爺爺選了去臺灣，而不是香港，我現在已能說得一口流利國語了？又會不會，爺爺跟我同學們的阿公阿嬤，可能是認識的？」

會不會她的歷史，就從中（華人民共和）國歷史，變成中（華民）國歷史了；會不會所有的一切，都是一念之差。

那天賢哥沒有給她答案，他給她一本書。

酪梨根幹茂密，爸爸購來泥土、肥料和盆子，為其移植。

群組想，時機成熟，開始在社區中心試辦港味街頭小吃同樂日，賣雞蛋仔、菠蘿油、絲襪奶茶、砵仔糕；籌辦廣東話工作坊、港片放映會等，軟性介紹舊地文化，當一群稱職的新住民；賢哥要與明微姐籌辦婚事，沒空再為雯靜上課，她開始上補習班，決意復仇：一、與一個私立高中的男生談戀愛，二、收起低沉迂迴，帶著邊擦和濁音的廣東話，拚命練習國語，正確標準的發音，把語言嚙咬嚼碎，灌咽體內，成為新造的人。

酪梨已換至九號盆，枝葉繁生，長得比雯靜還高，爸爸把它移到陽台。

媽媽訥悶，怎麼種了這些年，就是結不出果？

雯靜考上大學那年，香港角咖啡廳宣告結業——老闆娘是投資移民，熬撐多年，定居申請仍未通過，她等不下去。

那時候，中港澳已成為劃一等號的名詞。移民手續越趨繁複模糊，機率隨性，無規可依，跟摸彩一樣。取得身分與滯留者分作兩堤，階級顯現，似有暗湧。群組內只走剩寥寥十多人，大多數人在經年間，要不耗去資本和時間，被逼回港；要不投資一、兩年，心知不妙，抽身離場，轉往歐美；更多是受不了組裡緊張氣氛，日子過得不舒暢，寧願搬走。

如同大屠殺主題的 B 級片，倖存者轉移陣地，從咖啡廳聚到雯靜家裡客廳。高中開始，雯靜就肩負起擺鞋子的責任——自願性質，可不是爸媽或長輩要求，只是純粹地，望到玄關亂七八糟隨意甩放的鞋子，她就會按捺不住要把它們擺好，對齊，鞋尖微微朝外，一雙雙順牆邊併放。

有時下雨天，客人的鞋子打濕，還沾上泥巴，雯靜會撕碎派剩的社區報，揉成一團，塞進每雙鞋內吸水。每每如此，客人會難為情地喊不好，彷彿內衣褲被握在陌生人手中般彆扭。畢竟鞋子這回事，踐踩地面，總是髒髒的，擺排鞋子尚可接受——但觸及鞋腹，尤如撫摸不夠光潔的內在，包括氣味、形狀、材質，太私密，好像被掌握甚麼。雯靜會乖巧地推說沒關係，手下熟練塞放，皮鞋直硬、球鞋厚軟、靴子高幼、高跟鞋尖重、布鞋綿細。

她收集所有手感，捕捉客人談笑自如的從容下，瞬間的崩塌。

經年後，他們的廣東話開始歪掉，有時把書面語或臺灣字眼直接發音，譬如「光管」說成「燈管」、「橙」說成「橘子」、「堂食」說成「內用」、「錫紙」說成「鋁箔紙」。過去已被燒光，新的日常被覆上，話題換成外國品牌落戶某某縣市、黃金泡菜要怎樣才發酵、連假時要不要自駕遊去泡溫泉、孩子交了個臺灣伴侶怎麼辦……

雯靜的家算不上大，兩房一廳一衛一陽台，廚房採開放式，客廳放下三人沙發和電視後，頂多只能置張茶几。然而客人們卻甘願每晚蜷擠到那張皮裂皺污的沙發，或乾脆席地盤膝，一行人窩在屋子裡吃火鍋、看綜藝、打撲克。

為甚麼他們都不回家呢？小時候，雯靜曾為此困惑。

有時夜了，老人家先離開，剩下的客人會開酒，拉環即飲的啤酒、煮溫的清酒、要透氣的紅酒、加冰或純飲的烈酒，世界公民喝的酒和憂愁也國際化。酒像控制音量的扭鍵，把聲音調至靜音。那是雯靜同樣困惑的時刻，因為客人們會變得非常靜默，無聲得彷彿已把一輩子要說的話都說光，所有必須的表達都耗盡，於是舌頭、牙齒、顎肉都休息了，整張臉像褪色般木然慘澹。

雯靜把客人們比喻為「氣球人」。白天，他們鼓足氣，堅挺強大，撐起極其豔麗耀眼的一面，斑斕繽紛；夜裡，氣一洩走，衝天亂竄，餘下癟小的外皮，空無一物，再到翌日，重新補氣，又容光煥發。

不斷洩落，不斷填補，在換氣過程裡，拼湊出一個新的自己。

還在咖啡廳時，有幾次聚會，他們討論保留身分，到底該花果飄零，自植當地；還是念念不忘原鄉，伺機反攻革命。支持後者的多是剛到埗不久，仍有強烈身分認同的留學生，他們定位自己是過客，只是暫時停留；一些生活已穩定的先來者會嘲諷他們，去啊，那就現在去啊，去送頭嘛。說得這麼勇武，從前幹過甚麼？還不是離開了……

留學生們反諷，起碼我們的語言沒有口音。

「我們離開，是要到一個自由的地方活下去，還是盼望有一天可以自由回家？」

那時候，雯靜在讀明微的小說，書裡提出這問題。

※

客機墜毀後幾天，若要說日常有甚麼變化，大概是所有人，不論在家裡、商場、百貨公司、交通工具、酒吧、食店或咖啡廳內，都會為電視上二十四小時無間斷播放的畫面而駐足停留，貪婪地定神於箱子內的小人的嘴巴如何翕動，如同金玉良言、金科玉律。

新聞一時密切追蹤中、日、美三方的最新回應，一時梳理各國歷來有關釣魚臺的主權爭議，上至清朝《使琉球錄》、《馬關條約》，後至二戰後《安保條約》、東北諸島島鏈，再到千禧年後的保釣運動，更有三地命名，從「台」、

「臺」到「島」，甚麼頭城釣魚臺、登野城尖閣，聽起來像觀光勝地。

時事評論員分析肇事起因，估說陰謀論：香港已為中國管轄，會否幕後有人策動墜機，以鮮血和人命換取聲討機會，好有正當說法挑起外交危機，又援引一戰、二戰的時間軸，斐迪南大公夫婦被殺引發的歐洲混鬥、七七事變也是從一名士兵失蹤開始；另一台的名嘴評論近年中、美、日三國關係，軍備存庫等，評估形勢，從而談到外幣市場升跌，揣測美元會否跟港幣脫鉤，呼籲投資者留意。有團體抗議，重申釣魚臺實為中華民國領土，譴責執政黨應在此時發聲明重申主權，並派員救亡，否則便是龜縮怕事，要求總統辭職下台。

所有頻道說盡，都在討論，臺灣要如何應對。中方一旦攻佔釣魚臺，下步必劍指寶島。要戰、要談判、要臺灣特別行政區、要獨立，哪一樣？

人民最想要——不，最想聽哪一樣？

時值大選，候選人及其政黨對事件的取態，尤為關鍵，氣氛狂熱得像高溫的熱鍋，只消抖落半顆水珠即劈哩啪啦濺彈傷人。政黨間因應立場、背景、目標受眾，調整說辭，越空泛越正氣凜然越好，儼如自助餐，任君選擇：

「和平要緊，避免流血」、「堅定地站到正義的一方並肩作戰」、「以臺灣人民福祉及安全為原則」、「與民眾走在一起」。網絡上出現大批關於反侵略、主和或兩岸統一的迷因。

雯靜如常上學、吃飯、約會、看電影、逛街，她發現，輿論歸輿論，生活還是差不多。教授繼續授課，同學們上課打瞌睡；電影院和餐廳的人一樣多，人氣的料理店仍要排個半小時才能入座；雨季一樣潮濕，穿著雨衣開機車的小伙子「颯！」聲在馬路邊開過水窪，濺得雯靜整身污濕，還把內衣的輪廓塑透出來。

「幹！開車不帶眼的嗎？」受不了的竟是男友，大聲朝機車背影咒罵。

「你這陣子怎麼老是毛毛燥燥？」他們在商店街隨便買T恤替換，旁邊剛好有夾娃娃店。雯靜聚精會神地瞄準娃娃。

「妳不擔心嗎？」男友問雯靜：「天知道明天會變成怎樣？」

「你在說那椿空難嗎？我也有看，有夠慘的。」她按下按鈕，勾爪降下，垂直墜放：「我覺得不會有戰爭啦，查清楚就知道，只是意外嘛。」

爪子合攏，甚麼沒抓著，又往上收提。雯靜低咒一聲，再投一枚硬幣。

「不是耶，」男友繼續補充：「如果不是意外，是人為呢？即使是意外，也是挑起紛爭的機會，好讓隨便一邊有藉口出兵……」

「我覺得你看太多那些胡謅的節目啦。這世上哪有這麼多陰謀論。」雯靜搖晃娃娃機的控制桿，再次瞄準，左一公分，右兩公分：「別甚麼都政治化嘛。我的意思是，這些事多想無益，要不要打也不是我們決定的啊。總為這些有的沒的緊張兮兮，也於事無補啦。」

「因為妳永遠有個可以回去的地方，當然可以這麼說啊！」

男友氣憤地拍下夾物按鈕，結果爪子隨隨便便下墜擱攤，旋即回到原處，再次甚麼都沒夾到：「就是有退路，只當這裡是妳的避風港！」

「喂，你！」雯靜抬起頭瞪他，一瞬間，她分不清是氣他亂碰按鈕，還是氣他從頭到尾，都只當她是外來者。

高中時，雯靜跟男友在補習班下課後去逛書店。大概是七月，店內辦了個名為「自由之夏」的主題活動，擺出與世界各地抗爭相關的書籍，從捷克、烏克蘭、美國到韓國、臺灣——到香港等，分成小區陳列。男友雞婆地拉她到香港專區，問她要不要買點甚麼：「香港耶，妳不是該關心嗎？」

香港香港，宗教一樣的香港。拜託。

這個理所當然的問題，讓雯靜生出抵抗的刺——為甚麼來自香港就必須關心香港？因為弱勢、邊緣、倖存，所以構成罪惡的十字架，必須肩負一輩子嗎？

香港是甚麼?香港是被野豬吃掉的樹苗,是被毒針處刑的野豬,是結業的咖啡廳,是亂七八糟的鞋子,是一幫木無表情的氣球。

是書店主題活動中的一個分區,專題報告的一道題目。

後來有同學為專題報告來訪問她的港人身分——一場尷尬的對話,雯靜幫不上忙,同學知道的竟比她還多,事件、年分、人名、日期,雯靜統統答不上,她儼然是假的——訪問尾聲,同學主動向她介紹一部小說,宛如高材生向吊車尾推薦學習筆記,說是讀了後,才萌生對香港議題的興趣。

雯靜自然知道這本書,還是賢哥親手送給她,但她就是鬧彆扭不想看,好像翻開,對香港感到好奇,就是投降認輸。然而當下,她從一個臺灣人手中接過,那就意味,她必須讀了。

小說上部書寫的香港,是一個印象派般的描象,雯靜只能從眉角裡找到些許模糊的輪廓,似泡了水,軟軟的,隨時融蝕的香港。她既無法如大人們對過去和歷史深有共鳴，也不能像異地讀者般對書中描述照單全收，身分尷尬。

書的後段，女主角結識了一個爸爸是香港人，媽媽是臺灣人的在臺男友。在相處和磨合中，帶出很多兩地看似相同實則迥異的處境。譬如說，男友在外省家庭成長、認同臺灣是國家、厭煩於民主選舉讓候選人不斷大開空頭支票，挾著民粹而吹選民愛聽的風，當選後老跳票，致使每次投票時，他寧願投廢票。

女主角無法理解，在港時竭力爭取的選票表態，在男友手中卻淪為一紙廢書。

像這樣的矛盾在書中比比皆是，形同捉迷藏——女主角對兩地的苦難、身世、背景投射越多，凝視越顯虛妄，男友就越激動要論證兩地陌異——

「說真的，我再受不了把香港現時的政治打壓與臺灣戒嚴時期的白色恐怖拉上等號。

我不是說，香港不夠慘，但兩地在歷史或打壓手法的語境上不盡相同。

彼時臺灣人遭遇的白色恐怖，苦難和冤屈，實與如今港人面對的有過之而無不及。這是類比失當，不論港人或臺灣人，都應當警惕說法、演繹、論述，否則說出來，不僅無知，而是無恥了。」

雯靜特地把這段抄在閱讀筆記，對她來說，這是新鮮的觀點——有別於多年來輿論的拿手好戲，把看似類近的處境混雜攪洗，在滾筒式洗衣機內翻騰，任悲情相互渲染，類比苦難。要喚起關注，以共同體作為號召，總比陌生的旁觀有效。

直到現在，大廳裡的客人彷彿仍在做著一場醒不過來的夢，以一個一個沉默的夜作為燃料，讓所有人的夢境連結，沒有人是孤獨的。在那個雯靜從未涉知的地方，世上所有流離失所的人，不論過去、現在、未來，都匯到一起，勾肩搭背，高歌碰杯，集體的共同意志編成一片沒有盡頭的捕夢網，無縫而安全，穩穩托住所有人。

幾乎每一個移民者都說，他們是受到感召、誘惑和鼓動而離鄉，抵達新的地方。

在小說尾聲，女主角跟男友終究因難以跨越的價值差異而瀕臨分手，卻也剪理不斷。男友提議，不如一起去環島，十天吧，就給彼此最後十天，一趟旅程，告別也好，機會也好，當是好好的看一次，這個島嶼。

結局裡，二人停佇在某縣市的日治時期建築群前，一個矮矮的山坡上，任松林包裹，遠眺彼端太平洋，彷彿不見海岸線的寬廣。女主角問男友，聽說世上的水最後都會匯成一片，如果她跳進太平洋，會否游著游著，最後就能回到家？

男友答非所問，繼續遙望藍海，他說巧靚（好美）。

同學說結局好感人，看得她都哭了，這根本是時代下淒美的愛情故事，兩個人最後準能復合，女主角在歷盡苦難和離散後，終於在這裡找得歸宿和幸福，嗚嗚，多好。雯靜唯唯諾諾，未敢表達自己讀來的訥悶——這明明是個沒頭沒尾的結局，不是嗎？到最後甚麼問題都沒解決，不論是鄉愁、身分、創傷、關係，全都沒有答案——一片好美的海？那算甚麼，所以呢？

雯靜看著跟前淚腺發達的同學，相較被小說欺騙的憤怒，她更驚訝發現，自己上次還會為甚麼而哭泣，竟已是離開香港前，看著光禿的田，心痛那株被野豬吃掉的酪梨樹苗。

那時只有八、九歲，她的樹樹死掉了，是她殺的。因著相信爸媽，因著不由自主的離開，不得不把樹樹從室內盆子移到危險的外頭。

是她讓樹樹發芽長高，又讓樹樹來不及長至堅壯的模樣，已成為野豬的盤中餐。

在那以後，她知道一切都必須告別，會驀然於某日憑空失去、消失、不再擁有時，她就不再哭了。像家裡的貓，同學們，香港，賢哥——如今擁有看似安定的生活。

雯靜想，躺下來，任由一切自身邊滑過，飄走就好。

※

週末晚上，媽媽和客人們看電視看得臉上青一塊白一塊。政客在電視直播上發表說法時，媽媽忍不住喝斥：「聽聽這是甚麼話？這政棍，幾年前明明還談支持香港保持民主自由早日落實雙普選權，現在巴不得當臺灣特首，巧言令色。」再接道：「鮮矣仁！」

「看看這些人，又開始說『今日釣魚臺，明日臺灣』。真是萬用插，只消散播恐懼，甚麼議題都不重要，最重要是選民上鉤，哈。」

起初決定以在臺港人身分參與選舉，也許是因為大家感覺夢快要燒光了，像一場宴會將要結束前，來一次盛大的合奏，群策群力，需動員所有人參與、付出、勞動，在合作中削去迥異的稜角，以延長夢的有效期。

討論過程中，賢哥最合適，他年輕、形象不錯，來臺較久，時在社交平台上針砭時事政治，算是半個公共知識分子——要代表在臺港人參與選舉，形象需溫和知性，具魄力，有衝勁。

空難發生前，他們擬訂政綱路線，應著重政治議題，諸如正名制憲、內閣制、三權分立、轉型正義等，還是開宗明義爭取港人權益，修訂港人居留及定居政策，加快審批申請等；抑或主打民生，提倡改善新市鎮生活機能，增設長照機構、托育中心等……

一幫人協商、討論、修正，拜訪區內店家，與友好打招呼、打交道，擺放宣傳品，籌備打點，一切看似欣欣向榮，彷彿有所期許。多好，他們終究需要如光的希望為豢養，以此作為小點，繼而在幻想中描繪長線，再編織成面，擴為藍圖，立體，宏觀，有其質感，最終回到原鄉。多誘人。

直至新聞如空難本身砸下——

外交危機、戰爭、兩岸關係——更大更可憐更切身的議題像一層厚床墊，蓋於其上，到最後已沒人能辨認或記得，箇中曾夾疊過一張薄薄如紙的，名為

「香港」的苦難。

人們躺臥上方，在積厚的恐懼和巍峨中入睡、生活。

「真的還要去還？」又是晚上十二時多，在學校倉庫後的荒林，這次只剩下雯靜和賢哥。她為了不住家裡，特地考遠離北部的大學，平常住宿舍。怎料近一、兩年，賢哥轉到她的大學任教，偶然會順道載她回家。也因如此，二人碰面機會增多，她老使喚他幫忙搬東西，甚至開兩小時多的車，把她家的酪梨運到校園移種。

這次再來，是網上說移栽後一星期，需觀察一下樹苗適應情況，如葉莖有否枯槁跡象，土壤是否疏水。雯靜怕萬一樹苗真的不濟，她一人可搬不動，逃不遠，便拐來賢哥和他的車幫忙。

「就說了，我逃不動。」他擺擺手。

「不逃也可以不蹚這混水。」這句話雯靜直覺用了國語講，她一時間想不起「蹚混水」的廣東話。

賢哥誇她的國語說得越發流利，若沒留神細聽，根本不覺察她不是本地人。

「人家不是本地人嘛？」雯靜問，特地用帶點臺灣女生撒嬌的奶音。

「你想呢？」

雯靜突然很想直接開口，叫他不要去選，她珍惜這些沉默地佇在學校，任風掠過髮尾的日子。他們尋常如一般師生，沒人會懷疑他們的身分、發音、咬字——完美的融入者。

然而一旦去選，就是踏入大染缸，把舊有標籤貼於身上，再難擺脫。

但她沒說出來，只順著上次遺落而乾硬的足印前行，找得樹苗，看起來長得不錯，更多嫩芽自枝梢間探頭，幹莖上伸。她順道回收兩根上次移植時支撐用的竹條，拆走了，樹苗也沒掉。

「小學時，我演過一個獨角戲，講一個小女孩因為喜歡吃酪……牛油果，所以種牛油果樹。一個大人問她，種一棵牛油果，還要等結果，可能要十年八年，女孩怎樣確保，自己長大後，仍會一樣喜歡吃牛油果？」回去時，雯靜在車上問。

賢哥說：「確實不知道的，但如果當刻不種，那未來的自己無論還喜不喜歡，都沒有選擇。」

雯靜說：「但種的過程好累，好辛苦，還可能中途已被蟲蛀、被吃掉。如果會在過程裡擔驚受怕，不如一開始就算了吧。」

他伸手摸摸她的頭：「躺下來，不追逐，不索求，不介入，讓一切自行生長，是一種方式。但躺久了，看到甚麼閃閃有光的東西，想要追上去，也是一種方式。」

「如果那是有毒的蟲子，或只是頂著燈的鮟鱇魚呢？」她問。

那都要你先追上去，才會知道。

選舉日下午，雯靜在房間收拾東西，趕晚上的火車回校。

爸媽在客廳吃水果，看電視，房子建材一般，甚麼聲音都聽得一清二楚。

媽媽轉了幾個頻道，仍是相關議題，忍不住訥悶：「難道真的完全沒關於香港人參選立委的新聞嗎？採訪、問答、民調之類。」

爸爸接過遙控器，又按了幾次，終於在一個國際新聞台下方的滾軸式文字消息，發現短短一行：

「臺灣立委選舉　在臺港人參選：自言有信心」快速滑動，即被其他民生及地方新聞蓋過，不見痕跡。

「才這麼一行而已，連名字都沒有，誰會看得到？」媽媽的語氣透著不滿。

爸爸最近訂了一箱釋迦，邊去皮，另起話題：「今年的釋迦真長得不錯。記不記得我們來的第一年，不懂吃，甚麼水果都只管放冰箱，結果整顆發黑，又硬又生，還以為被騙了。最近住對面的大哥跟我說，釋迦絕不能放冰箱，一放就不長了，要室溫，等它熟。用湯匙舀，口感像冰淇淋，真的。」

「你有沒有聽到我的話？」媽媽的語調提高：「沒報導，就是沒話題，即是沒關注、沒曝光率，沒人知道。那賢仔怎可能贏呢？你怎麼就不關心？」

客機墜毀釣魚臺後，既沒有外交危機，也沒有開戰。最終，事情以非常含糊而曖昧的方式落幕。有專家強調是次事故的調查工作非常困難，由於飛機突然急墜，事前沒有徵兆，途中也不曾撥發任何訊息聯絡空中指揮部門，故他們未能得知遇險原因；同時由於撞擊猛烈，兼之殘骸散落山林及海中，範圍甚廣，取證難度很大；更因撞擊地點為無人居住的島列，沒有物資補給，調查員必須多次往還內陸與島嶼，非常磨人。

總之，在各國一輪默哀、表態、發聲明後，這場敏感的悲劇最終莫明其妙地，劃上句號。

若要說它確實產生了甚麼作用的話，那麼就是，悲劇的調查完結了，但籠罩著的恐懼則像大片濃霧，長久地在另一個島嶼擴染開去。這屆選舉，政黨挾著「今日釣魚臺，明日臺灣」的口號，成功挑起大眾對戰爭慘況的想像，各執一詞，如口袋裡掏出法寶般紛紛提出政見，儼如清談節目裡的名嘴，大放厥詞，天馬行空，狗屁不通，巧言令色，捏著大家可憐而備受衝擊的小心臟。整場選舉的焦點聚放於此。

爸爸把釋迦切成一瓣瓣，端給雯靜。其實她不餓，但仍接下，邊吃邊叫道：「媽，明微姐寫那本書，你有沒有見過？怎麼我房間找不到？」

「等等，哎呀你怎麼總趁我看大選時煩我呢。」嘴上抱怨，媽媽卻挪動身子去哪裡翻動東西。半晌，變出一本書：「這是新版喔。」

「新版？是換了出版社還是改了封面？」雯靜問。

「我可不知道，是賢仔告訴我有新版，我才去買，當然沒看啦，舊的我也沒看完——文學藝術甚麼的，太深啦，看不懂。」

雯靜捧過全新的書，包膜也未拆。她細讀新版書腰和文案，才知道原來小說幾年前出了修訂版，重新僱人繪製封面，還加入香港地圖及大事記，另附一則作者訪談（由賢哥撰寫）——以及結局重寫。

重寫？要把那片很美的大海延展書寫，或換作其他嗎？還是要為二人關係劃個明白？這麼多年過去，她懇盼的種種問題，會有答案嗎？

雯靜本打算回到宿舍才拆書拜讀，然而在列車上無事可做，幾趟輾轉又睡不著，終究按捺不住好奇心，翻開修訂版，想知道結局。

故事尾聲，主角與男友仍是環島遊，到了位於花蓮的松園別館（原來是花蓮！）。相較舊版中二人聚焦於美好的海景，新版拓寫了此地歷史和背景——

「他們沿美崙山上行，自坡間左轉，覓見另一幢老建築立於松林間，男友說，到了。松園別館跟山下的日式宿舍群不同，是和洋折衷風格，建有拱廊，另以日本瓦頂為蓋。

初聽松園別館這名字，悠閒舒適，來到時只見位置上倚山而建，面朝大海，景色怡人。她繞了一圈，府邸前的草皮上種有老松，以為是殖民時期類近於西方莊園式的渡假勝地。但細讀園內導覽牌示才知道——遠眺太平洋這點實是個美麗而殘酷的誤會。原來，此位置同為花蓮平原的軍事制高點，在此觀望即能絕對掌控附近海域的船隻動向——它的前身，乃二戰時，日軍的重要指揮基地及徵兵單位。

美好與殘虐；景色風光與軍事機能，都如硬幣拋擲，一體兩面。人性的光輝、救贖與傷害、欺侮，常是模糊的辯證。」

書中最後畫面，從原來的面朝大海，討論迷途歸家，改成二人徐行於松林內，女主角說松樹樹形向上寬長，像張開雙手，向天空祈願或意欲接住甚麼，又似一顆顆飄落的菇菌，一瓢瓢，一朵朵。

男友說它們確實是飄洋而來的。

「男友生性木訥，素常愛好是打開維基百科背詞條。他說這是琉球松，來自日本琉球群島。大正時期，日本人發現，要在臨海的花蓮市種植林木，植物須具一定抗鹽性、防風、定砂，故於本國取來不同小株到臺灣試種，連同琉球松的毬果。

結果種成了，這些渡海而來的種子，下土，植根，緊抓土地，生長。百年過後，臨著太平洋海風翦翦，樹幹彎繞，枝葉綠盛，像一張張大傘。時移世易，滄海桑田。樹不會說話，不會奔逃，就在這裡。她想，樹可會記得，曾有另一個島？」

雯靜捧著書，手腕微微顫抖。她不哭，但整個人驀然陷入一種憾動中。剎那，她彷彿理解何以經年後，明微要把它重寫，把她的故事，重講一遍。這是個帶著問號而感傷的結局，若她想知道答案，就要追上去。

只有先追上去，才會知道。

樹的憂鬱

作　　者——梁莉姿

副 社 長——陳瀅如
總 編 輯——戴偉傑
主　　編——何冠龍
行銷企畫——陳雅雯、趙鴻祐
封面設計——莊謹銘
封面繪圖——李智海
內頁排版——簡單瑛設
印　　刷——呈靖彩藝

出　　版——木馬文化事業股份有限公司
發　　行——遠足文化事業股份有限公司（讀書共和國出版集團）
地　　址——231023 新北市新店區民權路 108 之 4 號 8 樓
電　　話——02-2218-1417
傳　　真——02-2218-0727
客服信箱——service@bookrep.com.tw
客服專線——0800-221-029
郵撥帳號——19588272 木馬文化事業股份有限公司
法律顧問——華洋法律事務所　蘇文生律師

初版四刷——2025 年 1 月
定　　價——400 元
I S B N——978-626-314-435-4（紙本）
978-626-314-440-8（EPUB）
978-626-314-439-2（PDF）

國家圖書館出版品預行編目 (CIP) 資料

樹的憂鬱 / 梁莉姿著 . -- 初版 . -- 新北市 : 木馬文化事業股份有限公司出版 : 遠足文化事業股份有限公司發行 , 2023.05
面 ;14.8×21 公分

ISBN 978-626-314-435-4 (平裝)

857.7　　112005898